光文社文庫

長編時代小説

乱癒(い)えず

吉原裏同心(34)

決定版

佐伯泰英

光 文 社

目次

新吉原廓内図

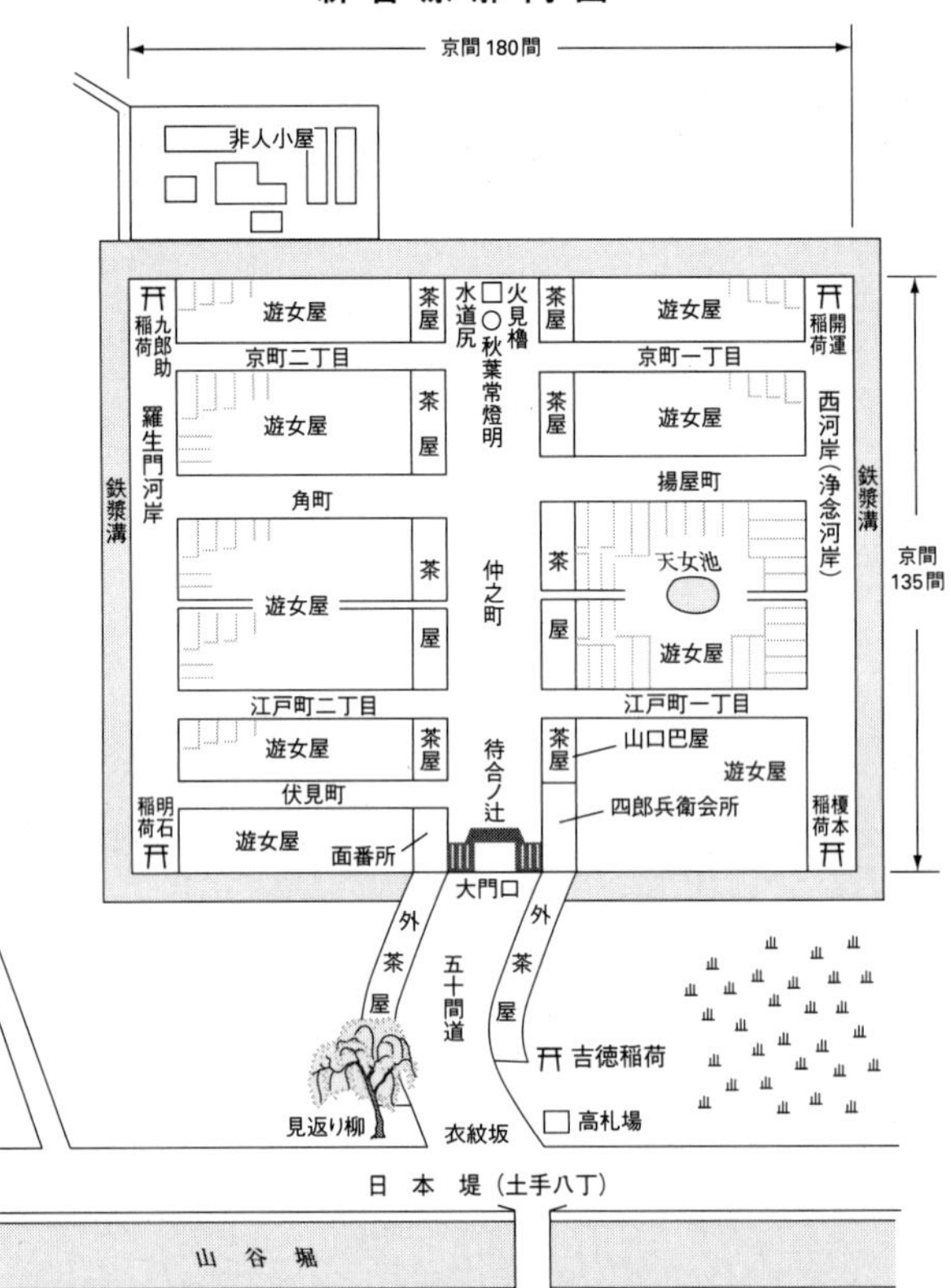
京間180間
非人小屋
九郎助稲荷
遊女屋
茶屋
火見櫓
水道尻
秋葉常燈明
開運稲荷
京町二丁目
京町一丁目
羅生門河岸
西河岸（浄念河岸）
鉄漿溝
京間135間
角町
揚屋町
仲之町
天女池
江戸町二丁目
江戸町一丁目
山口巴屋
待合ノ辻
伏見町
明石稲荷
四郎兵衛会所
榎本稲荷
面番所
大門口
外茶屋
五十間道
吉徳稲荷
見返り柳
衣紋坂
高札場
日本堤（土手八丁）
山谷堀

北
東
南
西
荒川
千住大橋
鐘ヶ淵
隅田村
隅田川
寺島村
三河島
田端
日暮里
駒込
谷中
千住道
小塚原
日本堤
金杉上町
新吉原
鷲神社
山谷堀
今戸町
今戸橋
浅草寺
小梅村
千駄木
白山
下谷
東叡山寛永寺
根津権現
本郷
御薬園
小石川
中堂
幡随院
広徳寺
阿部川町
東本願寺
浅草花川戸町
吾妻橋
伝通院
不忍池
新堀川
田原町
竹町ノ渡し
三間町
駒形堂
並木町
菊坂町
池之端仲町
下谷広小路
御徒町
春日町
湯島天神
蔵前
水戸徳川家
北割下水
牛込
森田町
石原町
神田明神
外神田
神田川
御米蔵
小石川御門
水道橋
向柳原
天王町
牛込御門
神楽坂
浅草橋
柳橋
御竹蔵
南割下水
昌平橋
筋違御門
和泉橋
柳原土手
両国広小路
本所
番町
田安御門
俎板橋
雉子橋御門
一ツ橋御門
内神田
馬喰町
両国橋
回向院
市谷
竪川
市谷御門
清水御門
神田橋御門
小伝馬町
今川橋
日本橋
新大橋
常盤橋御門
北町奉行所
小名木川
室町
江戸橋
麹町
江戸城
半蔵御門
呉服橋御門
日本橋
南茅場町
仙台堀
深川
材木町
西之御丸
鍛冶橋御門
京橋
八丁堀組屋敷
永代橋
南町奉行所
桜田御門
霊岸島
富岡八幡宮
赤坂御門
永田町
数寄屋橋御門
西本願寺
石川島
越中島
山王日枝神社
新橋
築地
佃島
溜池
幸橋御門
汐留橋

貴船神社
鞍馬寺
延暦寺
比叡山
上賀茂神社
深泥池
妙円寺
新宮神社
修学院離宮
茂川
半木神社
高野川
曼殊院
詩仙堂
下鴨神社
天寧寺
上御霊神社
烏丸通
相国寺
銀閣寺（慈照寺）
鴨川
内裏（御所）
如意ヶ岳
永観堂（禅林寺）
一之船入
南禅寺
三条大橋
錦市場
知恩院
粟田口
祇園
祇園社
河原町通
烏丸通
高台寺
建仁寺
八坂の塔
六波羅蜜寺
清水寺
東海道
方広寺
東本願寺
妙法院
智積院
三十三間堂
奈良街道
万寿寺
東福寺
伏見稲荷

京 概略図
神護寺
常照寺
大徳寺
金閣寺(鹿苑寺)
龍安寺
仁和寺
等持院
大報恩寺
北野天満宮
大覚寺
妙心寺
千本通
所司代屋敷
二条城
広隆寺
天龍寺
嵐山
松尾大社
島原
西大路通
桂川
西芳寺(苔寺)
天神川
丹波口
西本願寺
桂の渡し
東寺
桂川
北

『乱癒えず』主な登場人物

神守幹次郎……豊後岡藩の馬廻り役だったが、幼馴染で納戸頭の妻になった汀女とともに逐電の後、江戸へ。吉原会所の七代目頭取・四郎兵衛と出会い、剣の腕と人柄を見込まれ、「吉原裏同心」となる。薩摩示現流と眼志流居合の遣い手。

汀女……幹次郎の妻女。豊後岡藩の納戸頭との理不尽な婚姻に苦しんでいたが、幹次郎と逐電、長い流浪の末、吉原へ流れ着く。遊女たちの手習いの師匠を務め、また浅草の料理茶屋「山口巴屋」の商いを任されている。

加門 麻……元は薄墨太夫として吉原で人気絶頂の花魁だった。吉原炎上の際に幹次郎に助け出され、その後、幹次郎のことを思い続けている。幹次郎の妻・汀女とは姉妹のように親しく、先代伊勢亀半右衛門の遺言で落籍された後、幹次郎と汀女の「柘榴の家」に身を寄せる。

四郎兵衛……吉原会所七代目頭取。吉原の奉行ともいうべき存在で、江戸幕府の許しを得た「御免色里」を司っている。幹次郎の剣の腕と人柄を見込んで「吉原裏同心」に抜擢した。

仙右衛門……吉原会所の番方。四郎兵衛の右腕であり、幹次郎の信頼する友でもある。

玉藻……仲之町の引手茶屋「山口巴屋」の女将。四郎兵衛の娘。料理人正三郎と夫婦になった。

村崎季光……南町奉行所隠密廻り同心。吉原にある面番所に詰めている。

桑平市松……南町奉行所定町廻り同心。幹次郎とともに数々の事件を解決してきた。

嶋村澄乃……亡き父と四郎兵衛との縁を頼り、吉原にやってきた。若き女裏同心。

羽毛田亮禅……清水寺の老師。寺領で襲撃を受けた幹次郎と麻に知り合う。二人が京を訪れた事情を理解し、修業の支援をする。

彦田行良……祇園感神院執行(禰宜総統)。修業中の幹次郎を院内の神輿蔵に住まわせる。亮禅老師とは旧知の間柄。

次郎右衛門……京を代表する花街・祇園にある一力茶屋の主。祇園感心院の祭礼である祇園祭を支える旦那衆の一人。

水木……一力茶屋の女将。一力茶屋に麻を受け入れ、その修業を見守る。

河端屋芳兵衛……祇園で置屋を営む。旦那衆の一人。

一松楼数治……祇園で揚屋を営む。旦那衆の一人。

中兎瑛太郎……祇園で料理茶屋と仕出し屋を営む。旦那衆の一人。

三井与左衛門……京・三井越後屋の大番頭。旦那衆の一人。

入江忠助……京都町奉行所の目付同心。

観音寺継麿……禁裏門外一刀流の道場主。幹次郎に稽古を許す。

楽翁……江戸・三井越後屋の隠居。旅籠たかせがわに逗留中、幹次郎と知り合う。

おちか……産寧坂の茶店のお婆。元髪結で祇園の裏表をよく知る。

猩左衛門……旅籠たかせがわの主。四郎兵衛の仲介で、京に到着した幹次郎と麻を滞在させた。

乱癒えず——吉原裏同心（34）

第一章　色事師小太郎

一

その夜、祇園感神院の神輿蔵の二階に神守幹次郎が戻ることはなかった。清水寺に上がり、音羽の滝で一夜を過ごすことにしたのだ。

雨はしとしとと降り続いていたが、夜半過ぎに峠は越えた。

幹次郎は五畿内摂津津田近江守助直の刀身を音羽の滝の水で繰り返し浄めた。未明が近づいたとき、音羽の滝にさらした刀身の水を素振りして落とし、手拭いで柔らかく拭った。そして、ようやく助直を鞘に納めた。

数刻前、白川の巽橋で、禁裏流の闇殺法で四条屋儀助と猪俣屋候左衛門を暗殺した不善院三十三坊を幹次郎は斃した。

祇園の旦那衆に代わって仇を討つという名目があったにしろ、血に濡れた助直を携えて清水寺の楼閣に上がり、羽毛田亮禅老師と会い、四年前の大火事で焼けた京の復興を願う読経に参加することは避けたかった。ために音羽の滝で浄めの一夜を過ごしたのだ。

幹次郎は最後に手足と顔を滝の水で浄め、口に含んで滝壺に静かに吐き戻した。

雨は完全に上がった。

幹次郎は、番傘を手に音羽の滝からいつもとは反対の順路で清水寺の楼閣に上がった。本堂に向かって合掌すると楼閣の一角を借り受けることを無言裡に願い、座して瞑目した。

どれほどの時が流れたか。

老師の気配がした。だが、老師はいつものように朝の挨拶の言葉をかけることなくしばし無言で幹次郎を眺めているようだった。

「昨夜は徹宵しはったか」

「はい」

と幹次郎は答え、静かに両目を開けて老師を見た。

老師は幹次郎の変化を見て取っていたが、なにも問おうとはしなかった。いつものように祈りの場、初夏の夜明けの京を望む一角に歩を進めた。

幹次郎も倣(なら)った。

老師の読経がいつもより幹次郎の胸に響き、ただ合掌してその声を聞いた。

この朝は、天明(てんめい)の大火(一七八八)で身罷(みまか)った京の人々の冥福を願うより、四条屋儀助と猪俣屋候左衛門の御霊(みたま)を供養(くよう)するために手を合わせた。

老師の読経が終わった。

幹次郎はいつものように、

「明朝、また」

と願った。

老師は幹次郎の言葉を聞いても本堂の勤行(ごんぎょう)に向かおうとはせず、幹次郎をじいっと眺めていた。

「音羽の滝の傍(かたわ)らで一夜を過ごし、身を浄めた心算(つもり)でございましたが、老師にご不快を与えましたか。申し訳なく存じます」

「神守幹次郎様、あんたはんが腰の一剣を振るうのは曰(いわ)くがあってのことやな」

「はい」

「どなたと刀を交(まじ)えはったんや」

「禁裏流不善院三十三坊と申されるお方でございました」

「ほう、禁裏流な。待ち伏せしてたんか、その者」

「いえ、それがしがその者が姿を見せるのを待ち受けてのことでございました」

「あんたはんが待ち受けはった。どこででっしゃろ」

老師は自問でもするように幹次郎に質した。

「白川の巽橋でございます」

羽毛田亮禅はしばし沈思し、頷いた。

「老師、明日からこちらに参るのを控えまする」

「もはや天明の大火で身罷られた人々の霊の冥福は宜しいと考えはったか」

「いえ、わが身は穢れておりますゆえ、遠慮すべきかと考えました」

「神守幹次郎様、現世において善人も悪人も迎え入れる場は信仰の場しかおへん。あんたはんは己の利欲のために刀を振るわれたのとちゃうやろう。さらに、一夜雨に打たれて音羽の滝で禊をし、この楼閣に上がってきはった」

「はい」

「また明朝会いまひょ」

老師がこの言葉を残して本堂に向かった。

幹次郎はその背に一礼すると、番傘を手にふたたび音羽の滝に下りた。するとすでに産寧坂の茶店のお婆おちかと孫娘のおやすのふたりが滝の水を汲んでいた。

「遅くなりました」

と幹次郎は挨拶すると番傘を滝の傍らに置き、おやすから木桶を取り上げた。

「老師はんと話が弾んだんちゃいますかなあ」

おやすは自問するように呟いた。幹次郎の五体が醸し出す雰囲気が違うことをおやすは感じ取っていた。

お婆は無言のまま、幹次郎の形を見ていた。

「おやす、音羽の滝でひと晩過ごしはったお方がいたようや」

「どなたはんどす」

「神守幹次郎はんや」

お婆が言い切った。

おやすは驚きの眼差しで幹次郎を見たが、幹次郎はなにも答えなかった。

「この時節やけど、音羽の滝の傍らで夜を過ごすのんは寒いのとちゃいますか」

「いえ、さほどのことは」

「神守はん、なんでそないなことをしはったんや。まさか麻はんと喧嘩したんとちゃいますやろ」

「義妹(いもうと)の麻と喧嘩する謂(いわ)れはありません」

「そやったら、どないしはったんや」

「おやす、神守はんに曰くがあってのことどす。それ以上質してはあきまへん」

お婆が厳然(げんぜん)たる口調で孫娘を窘(たしな)めた。

幹次郎はいつものように木桶に滝の水を汲むと、

「戻りましょうか」

と声をかけた。

「おやす、神守はんの傘を持ちなはれ」

とお婆が命じた。おやすが頷き、祇園社の名入りの番傘を手にすると、

「夜の雨に打たれはった上に滝の傍(そば)で朝を迎えたやなんて」

と己に言い聞かせるように呟いた。

「おやすさん、気まぐれでござる」

「神守はんは、気まぐれで雨の中で一夜を過ごしはるんどすか」

「ときにな、そんな気分になることが」

「おますのか、変なお侍(さむらい)はんや」

「いかにも変な侍です」

幹次郎の鬱々とした気持ちは、おやすと問答することで薄れていた。いつもはお婆が幹次郎とあれこれと話をしながら産寧坂に戻るのだが、今朝はなにも質さなかった。

産寧坂の茶店に戻ったお婆が、その足で祇園社の神輿蔵に戻ろうという幹次郎の気持ちに逆らうように、出迎えた娘に、

「お幸、神守はんにな、いつものお薄を点ててや」

と願った。

幹次郎が口を開こうとすると、

「ときにお婆の言うこともお聞きやす、神守はん」

と諭すように言った。

幹次郎は、

「馳走になります」

と答えるしかなかった。

お婆とお幸が奥に姿を消し、お婆だけが手拭いを何本か携えて戻ってきた。

「男はんひとりの所帯や、手拭いはよけいあっても邪魔にならへんやろ」

と渡した。

「おおきに、と京ではかような場合、礼を述べるのでしたか」

「おおきには男はんが使うこともおます。けどお侍はんは使いはりまへんえ」

おやすが笑い、

「さようか、有難(ありがた)く頂戴(ちょうだい)致す。江戸の言葉はなんともかた苦しゅうござるな」

と幹次郎も笑い返した。

「いつもの神守はんや」

「どないしたん」

とお薄を運んできたお幸が娘に質した。

「なんやら知らんけどな。神守はん、雨の中、音羽の滝で一夜過ごしはったんや、おかあはん」

「おやす、神守はんのような用心深いお武家(ぶけ)はんが戯事(ざれごと)や遊びで音羽の滝で過ごしはるなんてありえへん。なんやら事情があったんどす」

とお幸が言い切り、

「お幸さん、頂戴します」

お薄を口にした幹次郎が、

「ああ、いつにも増して美味い。滝の傍らで一夜を過ごした甲斐がございました」

と礼を述べるとお婆とお幸が頷いた。

祇園感神院の神輿蔵で茣蓙を敷いた幹次郎は、竹製の目釘抜きで津田近江守助直の目釘を抜いて柄を外し、打粉を刀身にぽんぽんと軽く打った。刀身についたあぶらを取り除くためだ。打粉を奉書紙で拭い、さらに丁子あぶらを塗って刀身に空気や湿気がふれるのを防いだ。

手入れの道具は禁裏門外一刀流の道場主観音寺継麿が、

「神守どのにはこの道具が要るやろ。京にいる間、勝手気ままに使っとくれやっしゃ」

と貸してくれた。観音寺は幹次郎の風情から険しい生き方を察していた。

その道具を早使う日がきた、と思いながらお婆がくれた手拭いの中から柔らかいものを選びあぶらを拭った。

手入れの終わった津田助直を腰に差し、祇園社の主祭神中御座の素戔嗚尊をはじめ、東御座の櫛稲田姫命、西御座の八柱御子神に拝礼すると、抜き打ちの稽古を始めた。

どれほどの時が過ぎたか。

神輿蔵に人の気配がした。

幹次郎が助直を鞘に納めて訪問者を見ると、京都町奉行所目付同心入江忠助だった。その視線は刀の手入れの道具に向けられていた。

「見覚えがある道具じゃな」

「そなたの師、観音寺継麿様からお借りした道具ゆえ見覚えがあろう」

「なに、観音寺先生がそなたに貸されたか」

「京都にいる間、お借りしておる」

「で、さっそく道具の手を借りたか」

「しばらく手入れなどしておらんでな」

「京に来て研ぎ師寺町屋藤五郎に手入れを依頼したばかりではないか」

「よう覚えておられる。あの折り、肥後同田貫上野介を六代目の親方からお借りした」

「ならば手入れは要るまいに」

「刀の手入れは要らぬ。じゃが、こちらの手がな、手入れの手順を忘れておるで、師匠に借りた道具を使うてみたところだ」

「ただ今の武家方にさような心がけの者はおらん。感心だな」

「入江どの、それがしに世辞を言いに来られたか」

「なんの用かと訊かぬのか」

「用事があって見えられたか」

「それがし、京都町奉行所の同心ゆえ用事がないこともない。じゃが、もはや用件は終わったわ」

「さすがは敏腕の目付同心どのかな」

「今度はそちらが世辞か」

「世辞ではない、本心じゃ」

入江はしばし黙って幹次郎の顔を見ていたが、

「神守さん、京都町奉行所に東と西があるのをご存じか」

と話柄を変えて質した。

「ほう、江戸町奉行所は南と北じゃが、京は東と西で月番交代かな」

「まあ、江戸町奉行所とおよその職掌やらやり方は変わらぬとみてよかろう。

そなたは江戸町奉行所支配下の吉原会所の陰の者ゆえ、格別目新しくもあるまい。

とはいえ、江戸と京が全く同じというわけではない。京都町奉行所も江戸と同じく老中支配下にあるが、こちらは京都所司代の管轄にある、つまり将軍直属である」

「京には朝廷があるゆえ、その関わりかな」

「そう考えられて宜しかろう。それがし、東西両奉行所に五十人ずついる同心のどちらにも与しておらぬ」

「ほう、それはまたなぜであろうか」

「それがしは東でも西でもなき同心でな、朋輩からは『あの者、江戸でしくじりをやらかして京に追いやられたぼうふら同心じゃ』と言われておる」

「待たれよ。そなた、町奉行所目付同心の名を借りて、禁裏を密かに監視する密偵役かな」

「禁裏だけではない。京の中にそれがしの上司がいるとしたら、京都所司代じゃ」

「遠江掛川藩主太田備中守資愛様」

「そなたの連れが昵懇じゃそうな」

「昵懇というても江戸におったころの話と聞いた」

と応じた幹次郎は、

「ぼうふら同心などと平然と己を評されるお方は油断がならぬ。そなたの京都町奉行所の所属が東でも西でもないことは分かり申した。今朝の用事は済んだと申されたが、何用であったのかな」

「それじゃ」

一拍間を置いた入江が、

「今朝方、白川が鴨川と合流するところで胸部を鮮やかに斬られた骸を犬の散歩に出てきた年寄りが見つけてな、番屋に知らせた。それがし、この骸が手にしておったのが細身の剣と聞かされて最前骸を見て参った」

幹次郎はなにも応じない。

「骸は禁裏一剣流不善院三十三坊と申す悪名高い剣術家でな」

「禁裏一剣流は、禁裏門外一刀流の観音寺先生の流儀と関わりがござるか」

「ない」

と入江が即答した。

「観音寺先生はもはや禁裏とは関わりないゆえ、先祖が門外と二文字を流儀につけられたと聞いておる。一方、禁裏一剣流、あるいは禁裏一刀流と称される剣の遣い手不善院三十三坊は、禁裏のとあるお方の支配下にあって、殺し方を役目としておったと思われる。そなた、覚えはないか」

「入江どの、それがし、京に参って未だひと月と経っておりませんぞ」

「その短い間に清水寺の老師、こちらの祇園感神院の執行のお偉方、他に祇園の旦那衆一力の次郎右衛門らと昵懇の付き合いをしておる」

「それが京都所司代の陰の同心どのを不快にさせましたかな」

「いや、なんの差し障りも今のところない。ただ不善院三十三坊の剣を断ち斬り、胸を鮮やかに斬り上げる手並みは、どこぞで見た覚えがござってな」

「ほう」

「それが感想かな」

「他になにを申すことがござろうか」

「三十三坊なる禁裏の殺し方、祇園の旦那七人衆の四条屋儀助と猪俣屋候左衛門のふたりを祇園社の祭礼である御霊会の始まり、吉符入の前夜に刺殺した者と目されておったのだ。その者があっさりと始末されてしもうた。実に祇園の旦那衆には有難いことではないか」

「……」

幹次郎は黙して答えない。入江の狙いが分からないゆえに答えられなかった。
「四条屋儀助も猪俣屋候左衛門も殺された場所は白川の巽橋の袂と分かってお
る。こたびの不善院三十三坊もまた白川の巽橋の袂に誘い出されて始末され、鴨
川との合流部近くまで流されたと思われる」
「入江どの、祇園の旦那衆がどなたかに依頼して不善院三十三坊を始末したと申
されているように聞こえるが」
「としたら、かような手練れは神守幹次郎さんの他に考えられぬ」
と入江がずばりと言い、幹次郎の顔を凝視した。
「入江どの、それがし、遊里の先行きを案じた吉原会所の四郎兵衛様からこの京
の地に修業に出された者でござる。人殺しなどしておる暇はございませんでな」
と幹次郎が抗う言葉を発した。
「勘違いめさるな。それがし、禁裏の殺し方が反対に始末されて鴨川へ流れ込も
うと一向に関心はござらぬ」
「ならばなぜそれがしのところに」
「来たかと問われるか」
「いかにもさよう」

「江戸も金に困っておいでのようだ。だが、禁裏に比べればさしたることはあるまい。禁裏は何百年も困窮しており申す。ゆえに公儀とは考えの違う西国大名と手を結んで、あれこれと妄想逞しゅう考える御仁がおられる。その中のどなたかが金子の動く祇園の旦那七人衆の力と富を己のものへと考えておられる」

「入江どの、京都所司代のもと、禁裏と西国大名の結びつきに目を凝らしておられるのかな」

「と思うて江戸から京に送り込まれ、数年が無益に過ぎ申した。結局ぼうふら同心の名だけが京でのそれがしの成果にござる」

「それがし、急に力が抜け申した。そなたほどの腕利きが京を変えようとして変え切れないでおられる。それがしと麻、わずか一年足らずで京からなにかを学んで江戸に帰ることができようか、自信が失せ申した」

「そなたらふたりだけではできまい。じゃが」

「そなた、入江忠助どのと手を結べば事がなろうか」

と幹次郎が入江同心に問うた。

「分からん。どうやら神守幹次郎さんにはどの派にも与することのない己のやり方があると思える。それがしのようなぼうふら同心は、いざという折り、働かせてもらおう」

と入江忠助が漏らし、

「そなたの来訪を一力の旦那がお待ちのはず」

と言い残すと神輿蔵から姿を消した。

二

幹次郎は、二刻半（五時間）ほど仮眠を取った。そのあと、祇園社の神輿蔵を出ると祇園社宮前の湯屋に行き、湯に浸かった。この湯屋が界隈でただ一軒朝から夕べまで営業をしていることを幹次郎は承知していた。その上、湯屋の前に床屋があるのだ。

幹次郎は湯上がりに髭を剃ってもらい、髷を結い直してもらった。

「お侍はん、ええ男ぶりになりましたがな」

との親方の自分の腕を褒めるようでもある世辞を聞いて、代金に加えなにがしかの酒手を置いて幹次郎は表に出た。

夕暮れの刻限だ。

　ふらりと路地を伝っていくと白川の流れに出た。巽橋を渡ることなく四条通(しじょうどおり)に出た。

　腹が減っていた。昨晩から口にしたのはお薄だけだった。

　どこぞの食い物屋に入るかどうか迷った末にまずは一力に顔を出そうと決めた。

　一力茶屋の灯(あか)りが見えた。

　表口を避けていつものように勝手口に回った。仕出(しだ)し屋の若(わか)い衆(し)が料理を届けに来たようで、よい匂いが漂(ただよ)っていた。

「おいでやす」

　と麻が幹次郎を迎えた。

「おや、髷を結い直しはりましたんか」

「湯屋に行き、久しぶりに床屋でさっぱりとしてもらった。この京では江戸者の野暮(やぼ)はよう知られておるで、せめて身だしなみくらいな、ちゃんとせぬと、勝手口からでさえ一力に入れてはもらえまい」

「いえ、そないなことおへん。旦那(だん)さんが昼前からお待ちでしたえ」

　麻が慣れた京言葉で幹次郎を一力の帳場(ちょうば)へと案内していった。

「なんぞ御用でござろうか」

「うちに訊かんと旦那さんにお尋ねやす」

「さようか」

と応じる幹次郎を麻が足を止めて、じいっと見つめた。

「なんぞ妙かのう」

「幹どのの胸にお訊きやす」

「さあて、麻を煩わす所業をなした覚えはないがのう」

「今朝、清水寺に読経に参らはりましたんか」

「むろん朝の日課ゆえ亮禅老師とお会いした。そのあと、産寧坂のお婆様とおやすさんに会い、いつもの如く音羽の滝の水を汲んで産寧坂まで運んだ」

正直な説明ゆえ麻も信じたと思った。だが、

「お薄を馳走にならはりましたんやな」

とさらに訊かれた。

「いつもの通りだ」

「どうしはりました」

「空腹だということを思い出した」

「おや、まあ。どないしましょ」

「まずは一力の旦那どのに挨拶致そうか」

帳場座敷は障子が閉じられていた。

一力の主次郎右衛門と問答しているのは、京・三井越後屋の大番頭与左衛門と幹次郎は察した。その他に旦那衆がいるのかどうかは分からなかった。

幹次郎は津田近江守助直を左手に提げて、廊下に座し、

「神守幹次郎にござる。差し障りがあるならば台所にて待たせてもらいます」

と声をかけると、

「神守様か、朝の間からずっとお待ちしてましたがな、お入りなはれ」

次郎右衛門が応じた。

「御免」

と声をかけて障子を開けると、その様子を見た麻が幹次郎から離れておのが仕事に戻っていった。

やはり次郎右衛門の相手は与左衛門だった。

幹次郎は座敷に入り、ふたりの旦那衆に黙礼した。

次郎右衛門と与左衛門が幹次郎へ静かな視線を返した。だが、なにも口にはしなかった。

「なんぞございましたかな」

「神守様、あんたはん、昨夜どないしてはりました」

与左衛門が質した。

「夏にしては冷たい雨が降っておりましたゆえ、早めに祇園社の住まいに戻り、床に就きました」

「と、言わはりますか」

と次郎右衛門が問うた。

「はい、なんぞ異変がございましたか」

幹次郎は昨夜の一件について問い質されることは、入江忠助が神輿蔵に訪ねてきたときから覚悟はしていた。

「神守様、えらいことをしはったんとちゃいますか」

与左衛門が質した。

「と、申されますと」

「昨夜、白川で禁裏の関わりの者が斬られてな、鴨川への落ち口で骸が見つかりましたんや」

「ほう、こちらと関わりがあるお方ですか」

「大いにあります。神守様にすでに話しましたな。うちらの仲間の四条屋儀助はんが二年前の吉符入の前夜に白川で刺殺されて骸が見つかった。さらに一年前の吉符入前夜には猪俣屋候左衛門はんが、つまりは祇園の旦那七人衆の仲間ふたりが次々に刺されてな、白川の巽橋付近にて遺体で見つかった」

「お聞き致しました」

「不善院三十三坊、禁裏のさるお方の指示で七人衆のふたりを始末したお方と、うちらが見とった輩どす」

そのようなことを祇園の旦那衆が話した覚えは幹次郎にはなかった。

「そのお方の骸が白川が鴨川に合流する辺りで見つかったと申されますか」

「はい」

と答えた次郎右衛門が、

「さる筋からの話どす。この者、巽橋でどなたかと斬り合うて返り討ちに遭い、白川に落ちてな、鴨川近くまで流されたそうや」

小さく頷き、しばし間を置いた幹次郎はいつもと変わらぬ声音で、

「祇園の旦那衆にとって不善院三十三坊なる御仁の死は、悪しきことにございましょうか。それとも善きことにございましょうか」

と問い返した。

今度はふたりの旦那衆が沈黙して幹次郎を見返した。

「今年の祇園社の祭礼の始まり、吉符入の前夜にうちらのだれかが殺されることは避けられたと考えられます。その点から言えば、うちも三井越後屋の大番頭はんもほっと安堵してます」

「次郎右衛門様、新たな懸念があるように聞こえますが、それがしの聞き違いにござろうか」

「はい。不善院三十三坊はこの京で知られた禁裏の始末方どした。その不善院が返り討ちに遭ったとなると、禁裏のさるお方は、不善院に代わる始末方を残るうち五人のだれぞに向けへんやろか」

次郎右衛門の危惧は次から次にあった。

「始末方がひとり身罷ったゆえに、次なる人物が旦那衆を狙うと思われますか」

「そう考えたほうがええやろと、与左衛門はんと最前から話しとりましたんや」

「考え過ぎということは」

「そうであれば宜しおすけどな。相手もそう容易く手は引かれますまい」

「こたびの一件は終わりであり始まりどす」

次郎右衛門と与左衛門が口々に幹次郎の問いに応じた。

「おふた方の他に河端屋芳兵衛様、一松楼数治様、中兎瑛太郎様の、五人の旦那衆のどなたかが次に狙われると考えておられますか」

「相手もまさか不善院三十三坊がこうもあっさりと殺されるとは考えてなかったやろ。となると、次なる始末方を送り込むには日にちを要すやろな」

と次郎右衛門が言い切り、

「ともかくや。四条屋はんと猪俣屋はんの仇が討てたんには、いささか溜飲が下がりましたがな」

と、どことなくしてやったりといった表情を見せた。

「それはようございました」

と幹次郎が答えるのをふたりの旦那衆が改めて見返したが、幹次郎の表情が変わることはなかった。

「安心したとこで、うちは辞去させてもらいまひょ」

三井越後屋の大番頭が立ち上がった。

「与左衛門様、なにがあってもいけません。それがしにお店まで送らせてくだされ」

と幹次郎が願った。

「それはええ」

と答えたのは次郎右衛門だった。そして、

「神守様、与左衛門はんを送っていかれたあと、うちに戻っとくれやす。遅うなってもかましまへん」

「承知致しました」

と応じた幹次郎は津田助直を手に勝手口に回った。

麻がどことなく不安な顔で幹次郎を見送った。

「なんぞ厄介ごとが一力に降りかかっておるか」

「座敷で禁裏のさるお方と西国大名の重臣どのが内談をしてはります。舞妓はんも芸妓はんもただ今のところ座敷に呼ばれとりまへん」

「話は長くかかりそうかな」

「女将はんはそう言うてはります」

次郎右衛門が帰りに一力に寄るよう願ったのはそんな客を案じてのことだろう。

幹次郎は一力の表で与左衛門をひっそりと待った。三井出入りと思しき駕籠が待っていたが、与左衛門は駕籠には乗ろうとはせず幹次郎といっしょに歩くことを望んだ。

「たかせがわでな、江戸のご隠居が神守様の姿が見えへんと寂しがっておいでどす」

「世話になりっぱなしで、顔も出しておりません。そろそろ江戸へ出立する日にちが迫っておるのではありませんか」

「いかにもさようどす。どうどす、これからたかせがわにちらりと立ち寄ってみまへんか」

隠居の楽翁、京の三井越後屋の大番頭の与左衛門と幹次郎の三人がいっしょに会ったことはこれまでなかった。

「不意に訪ねてご迷惑ではございませんか」

「楽翁様は滅多に人をお呼びになりまへん。けど神守様と麻様は別格どす。大喜びしはります」

「ならばごいっしょさせてください」

と幹次郎は短い間でも挨拶していこうと思い、願った。

空駕籠を従えたふたりは祇園御霊会のためにかけられたにわか造りの四条の浮橋を渡り、高瀬川沿いにそぞろ歩いた。雨の昨夜とは違い、心地のよい夏の宵だった。

「神守様、あんたはんは律儀なお方やな」

「律儀とは、どういう意でござろうか」

「昨夜の一件は、神守様の仕事と次郎右衛門はんもうちも信じてます」

一力の帳場で次郎右衛門がいたときより踏み込んで、与左衛門は幹次郎が不善院三十三坊の相手と決めつけた。

「すでにお答え致しました」

「関わりがおへんと言われましたな」

「今朝方、京都町奉行目付同心の入江忠助どのがそれがしを訪ねて参られまして、その一件について質されました。それがし、同じ返答をするしかございませんでした」

「入江様は妙な同心やな。町奉行所の東にも西にも所属してへん。所司代はんの直属やて、禁裏にも詳しいお方のはずや」

「そのお方が京は奥が深くて何年経っても分からぬことが多いと嘆いておられました」

「入江様と神守様、江戸で付き合いがありましたか」

「いえ、京で会ったのが初めてです」

「そう聞いときまひょ。で、おふたりは、手を組まれはったんか」

「手を組んだとは言えますまい。お互いが役に立つことあれば協力し合う程度の、曖昧な話はしました」

「神守様、用心深うおすな。吉原会所の頭取四郎兵衛はんが神守幹次郎・汀女夫婦を頼りにするのがよう分かる」

「と申されますと」

「吉原会所にも生え抜きの者はいはりましょう。せやけど七代目は何年か前まで吉原とは無縁だった神守幹次郎様と汀女様を頼りにして京に送ってきはった」

与左衛門は、幹次郎が四郎兵衛の跡継ぎとして京に修業に来ていることをすでに承知していた。

「妻の汀女は吉原に残っております」

「そこです。汀女様は吉原を守り、神守様は義妹の麻様と京に修業に来てはる。四郎兵衛はんが吉原の復興をお三方に託してはるのんがよう分かります」

「ただ今のところ四郎兵衛様の期待に応えているとは申せますまい」

ふたりの行く先にたかせがわの灯りが見えてきた。

与左衛門と幹次郎がたかせがわの門を入ると、

「おや、珍しい取り合わせとちゃいますか」

と旅籠たかせがわの主の猩左衛門が迎えた。

「ご隠居の離れにだれぞお客人は来てはりますの」

「いえ、いつものようにおひとりで夕餉を摂ってはります」

「うちらがお邪魔してええかどうか、尋ねてくれまへんか」

与左衛門の願いを主の猩左衛門自らが取り次ぎ、

「ご隠居はんが、神守様の来訪はいつでも歓迎やと言うてはります」

とふたりは離れ屋に案内されていった。

「ご隠居、約定もなしにご迷惑ではございませんか」

幹次郎が気にした。

「神守様なら歓迎です。麻様は一力の奉公に慣れたようですな、さすがは吉原で頂を極めた花魁ですな」

と楽翁は麻の近況も承知していた。そして、京の三井越後屋の大番頭の与左衛門に眼差しを向け、

「大番頭さんが誘われましたか」

と質した。

はい、といささか緊張の体を見せた与左衛門が返事をすると、一力茶屋の帳場で幹次郎に会ったのだと言い、昨晩の騒ぎの話柄に触れた。

途中で膳がふたつ用意され、楽翁自ら幹次郎と与左衛門に酌をした。

「ご隠居からお酌とは与左衛門、緊張します」

「与左衛門さんも京にしっかりと根づかれましたな。最前の話を続けてくれませんか」

楽翁が命じた。

首肯した与左衛門が一力の帳場での問答の続きを己の推論を交えて話した。

「祇園の旦那衆をさような厄介が見舞うておりましたか。で、大番頭さんは神守様が不善院三十三坊を斬られたと思われましたか」

「これまでの話の経緯からいうても、あの者を斃した相手は神守様やと一力の主もうちもそう思い込みました。ちゃいますやろか」

「大番頭さん、思い込むのは勝手です。ですがな、神守様から言質を取ろうなんて考えは愚の骨頂ですぞ。あんたらは、神守様と麻様を安く使おうなどと考えてはなりません」

と楽翁が京の三井越後屋の大番頭にきっちりと釘を刺した。

たかせがわの離れに邪魔をして夕餉を馳走になった与左衛門と幹次郎は半刻（一時間）ほどのちに辞去した。その折り、

「明後日、一力に寄せてもらいます。京との別れの盃を神守様と麻様と酌み交わしたいと思うています。大番頭さん、おふたりはこの日だけは私の客だと一力の主どのに頼んでくれませんか」

と楽翁が願い、

「ご隠居、承知致しました」

と与左衛門が承った。


与左衛門を京三井越後屋の店に送っていく道中、

「京の三井に修業に行くように何十年も前にうちに命じたんは、江戸駿河町のお店の主だったご隠居どす。今も頭が上がらしまへん」

と与左衛門が漏らした。

「与左衛門様、世の中にひとりや二人、頭の上がらぬお方がおられるほうが幸せではございませんか」

「いかにもさようどす。楽翁様の前に出ると己がなんとも小さな人物やと思い知らされます。どうしてやろな、神守様はどなたはんの前でも、謙虚どす。けどな、うちのように楽翁様の前で竦んでしまうような素振りは一切見せはりませんな。京に来て日が浅いというのに、清水寺の老師やら祇園感神院執行やらと知り合いにならはって、ごく自然に対等な付き合いを重ねてはります。うちのような、半分江戸半分京の者にはできしまへん」

と与左衛門が吐露した。

「与左衛門様、それがしが世間を知らぬゆえ、皆さんがあれこれと教えてくださるのではありませんか。対等な付き合いなんてとんでもないことです」

四条通の一角にある三井の店の前で別れた幹次郎は、急ぎ四条の浮橋に向かった。一力の主、次郎右衛門に帰りに寄れと命じられていたからだ。

刻限は四つ（午後十時）に近かった。

三

この前日、馬喰町の裏手にある煮売り酒場で女衆が、身代わりの左吉が姿を見せるのを待っていた。しかし酒場の客としてはいささか若かったし、娘が出入りするような店でもなかった。

嶋村澄乃だ。初めて虎次の煮売り酒場を訪ねた澄乃は、四郎兵衛から託された分厚い文を渡して、虎次親方に名乗った。

「澄乃さんか、ちょいと待ちねえ。おりゃ、読み書きは得意じゃねえ、文を読むのに時がかかるぜ」

断わった虎次は狭い帳場に入り、四郎兵衛からの文を長い時をかけて読んだ。

澄乃の前に戻ってきた虎次の懐に文の端が見えた。

「吉原会所に女裏同心がいるとは聞かされていたが、えらく美形にして若くはねえか。神守様がどこぞにさ、放逐された今、吉原はおまえさんが頼りかねえ」

と虎次が首を捻った。

「親方よ、澄乃さんを甘くみちゃあいけねえぜ。神守様仕込みのなかなかの腕前だからな」

と料理人の竹松が口を挟んだ。

昼下がりの刻限で煮売り酒場には客はいなかった。

「竹松、吉原の女郎にもてないってんで女裏同心に狙いを変えたか」

「おおさ、そんな気持ちもねえじゃねえ。だがな、澄乃さんは半端料理人なんて相手にしてくれねえよ。なにしろ神守幹次郎様の秘蔵弟子だからさ。吉原に神守様がいなくなった今、吉原会所の頼りはこの澄乃さんだ」

と殊勝な言葉を竹松が吐いて澄乃を持ち上げた。

「親方、神守様の代役はとても私では務まりません。ともかく身代わりの左吉さんにお会いして相談したく、かようにお邪魔しました」

「このところ左吉さんは姿を見せないぜ。うちは、町の名の通り馬喰や駕籠舁きが集まるところだ。左吉さんを待つといっても、おめえさんのような若い娘が来る店じゃねえや。どうしたもんかね」

虎次が首を捻った。

「親方、女裏同心なんて危ない務めなんかじゃなく、澄乃さんは吉原の大籬(大見世)の花魁だって務められる顔だよな、たしかにうちの客には似つかわしくねえ。それよりさ、常連の連中には親方の遠縁の娘とかなんとか言ってよ、一時だけ手伝いをさせていることにしたらどうだ」

と竹松が言い出した。

「おめえは若い娘となると急に張り切りやがるな。そうだな、おれの親戚の娘が曰くあって当座働くってことにするか。竹松、澄乃さんに手出しなんぞするんじゃねえぞ。会所の七代目から剣突くらうからな」

竹松と虎次の間で事が決まり、澄乃は煮売り酒場の女奉公人に形を変えて、働きながら左吉の到来を待つことにした。だが、この煮売り酒場に集まる駕籠舁きや馬方などは地味に装ったつもりの澄乃の本来の容貌を察して、

「おい、親方、若い娘が働くほどの酒場かよ、どんな曰くがあってこんな小ぎたねえ店で働くことになったんだよ」

と訊いたり、

「おりゃ、曰くなんぞはどうでもいい。洟たれ小僧の応対より娘のほうがいい。名はなんてんだ。おりゃ、駕籠舁きの小六、歌舞伎役者と同じ名だ」

なんて売り込んだりした。

昼の間から慣れない応対をそつなくこなした澄乃に虎次親方が、

「そろそろ店仕舞いだ。澄乃、あがっていいぜ」

と許しを与え、

「親方、洗い物を終えたらあがらせてもらいます」

と澄乃は折敷膳に客が使った器などを載せて暖簾を潜った。すると三畳ほど

の帳場座敷に身代わりの左吉が座り、酒を呑んでいた。ここは常連の客でも滅多に通されるところではない。

「左吉さんですね」

「おまえさんは吉原の女裏同心だったな、名はたしか澄乃さんといったか」

「はい」

「わっしに用事かえ」

左吉の問いに頷いた澄乃は、

「もうしばらくお待ち願えますか。洗い物を終えます」

「ああ、しゃがんで時を待つのは慣れたもんだ。ましてここには酒まである。わっしのことは気にするねえ」

と身代わりの左吉が答えた。

左吉は罪科を犯した者に代わり、牢屋敷に入って金を稼ぐのが仕事だ。むろん殺しや強盗などの重罪人の代わりにはなれない。商いの上で、軽い触れに反した大商人などの代わりに牢屋敷に入るのだ。

台所では竹松の代わりに小僧として奉公を始めた磯吉が洗い物をしていた。

「磯吉さん、私も手伝うわ」

袖(そで)をたくし上げる澄乃に竹松が、

「澄乃さん、こっちは手が足りていらあ」

と新たに燗(かん)をした徳利(とっくり)を渡した。

「有難う、竹松さん」

礼を述べた澄乃は徳利を盆に載せて帳場座敷に戻った。

「竹松さんが燗酒を」

「あいつも気が利(き)くようになったぜ」

と言った左吉が、

「お互いどなたかがいないと寂しいな」

と漏らした。

「左吉さんは神守様がどちらにおられるか承知なんですね」

澄乃が確かめた。

「ああ、承知だ」

左吉は、旅慣れない麻を江戸から小田原宿(おだわらしゅく)まで同道(どうどう)して送り、幹次郎に引き渡したのだ。むろんふたりの行き先が京であることも、その期限が一年であることも承知していた。

だが、このことを承知しているのは江戸でも限られた者のみなのだ。

澄乃にふたりの行き先や目的を喋(しゃべ)ることを左吉は許されていない。四郎兵衛ですら、麻を小田原まで送っていったのが左吉と承知していないはずだった。

「神守幹次郎様は、吉原に戻って参られますよね」

「その問いに答えられるのは会所の七代目しかいめえ。だが、わっしは、戻ってこられると勝手に信じているがね」

「そうですよね」

と言う澄乃に左吉が呑み干した杯(はい)を差し出した。

澄乃が徳利に手を差し伸べると左吉が、

「当座、身代わりの左吉の相手方は女裏同心のようだ。一杯注(つ)がせてもらおう」

と杯を澄乃に渡すと燗徳利を差し出して注いだ。

「おまえさんの親父(おやじ)様も酒を呑んだってな」

どこでこのようなことを知ったか、左吉が言った。

「母が亡くなって寂しかったのでしょうか、夕餉に一合(ごう)ほどの酒を呑んでおりました」

澄乃の言葉を左吉が頷いて聞き、澄乃が頂戴しますと杯の酒をゆっくりと呑み干すと左吉に戻し、酒を注いだ。

「そんな親父様に酌をしたことがあるかえ」

「ございません。晩年、おまえも呑むかと誘われました。ですが、まさか父がその直後に身罷るなど考えず断わりましたので、杯を酌み交わしたことはございません」

「親孝行をし損なったか」

と応じた左吉が、

「神守様とは妙な縁で付き合うようになった。その神守様が吉原を不在にしている以上、おまえさんは神守様の代役を務めるしかねえ」

「力不足は承知です」

「それを口にしても神守様が戻ってくるわけじゃねえ。七代目からの文は読んだ」

と告げた。

先に虎次に渡した分厚い文には、左吉に宛てた書状も同梱されていたらしいと澄乃は気づいた。

「神守様の働きを見倣おうと思ったか」

「左吉さん、言い訳はしとうございませんが、神守様と私では天と地の差がございます」

首肯した左吉が、

「こたび吉原に降りかかった災いに抗うには廓の外からものを見なければならないと考えたようだな」

「はい。見当違いでございましょうか」

「いや、廓内で起こった騒ぎには吉原会所の番方らが対処されよう。だが、廓の外から仕掛けられた企てには廓の内と外を見ていかなければ、どうにもなるめえ。それが神守様のやり方だった」

澄乃は頷いた。

「左吉さんは色事師の小太郎なる人物を追っておられると聞きました」

「ああ、これまでの調べだと、色事師の小太郎は一味の中では大した役者じゃない。だが、廓の老舗の俵屋を潰し、萬右衛門一家を死に追いやるきっかけを作ったのは小太郎だ。このところ小太郎の野郎、用心してか身動きしていねえ。どうにも探りようがないのでな、手を焼いておる。そこへ女裏同心の助勢だ。なんとか野郎を動かす手はねえか、ひと晩考えさせてくんな」

と左吉が言った。

小太郎が俵屋の遊女お涼を色事師の手練手管で懐柔し、俵屋の内情を喋らせたことを澄乃は承知していた。

「私はこちらでご厄介になりながら、左吉さんの連絡を待てばようございますか」

「そうしてもらおう」

と応じた左吉が、

「おまえさんの長屋は、土手八丁（日本堤）の浅草田町だったな」

左吉は四郎兵衛からの文で住まいを知らされたのだろうか。

「はい」

「しばらくは通ってもらうことになろうが、明日には連絡をこちらにつける」

と左吉が約定した。

「おまえさん、わっしの他に廓の外で神守幹次郎様の代役で動いておる御仁を承知か」

と左吉が澄乃に質した。

「南町奉行所定町廻り同心の桑平市松様かと存じます」

「そなたも承知であろう。桑平の旦那は、佐渡鶴子銀山の山師で船問屋の荒海屋金左衛門を追っておられるが、こちらも江戸から気配を消しておるで、桑平の旦那も動くに動けないで困っておられよう」

澄乃は、江戸に不在の神守幹次郎が、外から吉原会所と幹次郎に関わりのある人材を動かしていると思った。

(かようなとき神守様ならばどう動くか、仕掛けるか)

澄乃には考えが浮かばなかった。

「今宵動くことはございませんか」

と澄乃は念押しした。

「ひと晩考えさせてくれぬか。小太郎にしろ荒海屋にしろ、動いてくれぬことにはわっしらも手の打ちようがない」

「ならば今宵はこれにて失礼致します」

澄乃は辞去の挨拶をすると、帳場座敷を下がり、虎次親方に、

「明日、お邪魔します」

と声をかけた。

「澄乃さんよ、うちはこんな安直な煮売り酒場だ。昼の四つ半(午前十一時)

時分に来てくれればいい」

と虎次が言った。

澄乃は妙な疲れを感じながら浅草橋に向かい、浅草御蔵前通りを北に向かってひたすら歩いた。歩くことで気分が変わっていくのが分かった。

虎次の煮売り酒場の客は吉原とは違い、気の置けない男衆が主だ。ふだん澄乃が接しない客層の応対に慣れるのには、二、三日かかりそうだと思った。

浅草寺寺領の花川戸に差しかかったとき、澄乃はふと思いついて柘榴の家の様子を窺っていこうと思った。

刻限は五つ半（午後九時）過ぎか。

寺町を抜け、浅草寺の随身門前を右手に折れて浅草寺寺中、ひたすら土手八丁を目指した。

その途中に柘榴の家があった。

この刻限、汀女は戻っていまいと思った。

浅草並木町の料理茶屋山口巴屋の女将と、吉原の七軒茶屋の一、山口巴屋の女将役も兼ねていた。玉藻が赤子を産んだばかりで、汀女がふたつの山口巴屋の女将役を負わされていた。

　神守幹次郎と汀女の家に近づいたとき、犬の吠(ほ)え声がした。

　柘榴の家には先住の猫の黒介(くろすけ)と幹次郎が拾ってきた仔犬の地蔵(じぞう)がいた。その地蔵の吠え声のように思えた。

　澄乃は足を速(はや)めながら、帯の下にたくし込んだ、先端に鉄輪(かなわ)をつけた麻縄(あさなわ)を確かめた。

　柘榴の家の門前にふたつの人影があった。

　吉原会所の若い衆が柘榴の家に見廻りに来たのかと思った。だが、地蔵の声は、見知らぬ者への警戒の吠え声だった。

「閂(かんぬき)を外しねえな」

　と表のひとりが塀(へい)を乗り越えてすでに入っている様子の仲間に言い、

「女主(おんなあるじ)は未だ茶屋にいやがる。若い女が独(ひと)りのはずだ、さっさととっ捕まえて引き上げるぜ」

　とさらに命じた。

「よし、門を外した」

　中から声がして両開きの門が開かれた。

「行くぜ」

ふたりの男が柘榴の家に侵入しようとして地蔵の吠え声が大きくなった。

「犬がうるせえや、長介（ちょうすけ）、犬を叩き殺しな」

「ちくしょう、足元をうろちょろして捕まらねえや」

「おれがやる」

三人のうちの兄貴分が応じたとき、

「待ちなさい」

と澄乃が声をかけた。

三人の男が、ぎょっとして身を竦ませた。

「他人様（ひとさま）の家に押し入るには刻限が早（はよ）うございます」

女の声と分かった男たちが、

「汀女って女は廓にいたぜ」

「通りがかりの女なら、さっさと行きねえな」

と三人とも懐に手を突っ込み、匕首（あいくち）の柄（つか）に手を掛けた気配がした。

「おまえさん方、だれの命（めい）でかような真似をしていなさる」

「女、てめえは何者だ」

「それはこちらの台詞（せりふ）ですよ」

「ああ、こやつ、吉原会所の女だぜ」

長介と呼ばれた男が言った。

「こっちから先にやっちまえ」

と三人が匕首を抜いて澄乃を取り囲もうとした。

次の瞬間、澄乃が帯の下の麻縄をすっと引き出すと、先端の鉄輪が夜気を鋭く裂いて長介と兄貴分の匕首を叩き落とした。

「ああー」

さらに澄乃の麻縄が常夜灯の微かな灯りの中で三人目の首筋を捉えて門前に引き倒した。

「ち、ちくしょう」

兄貴分が叩き落とされた匕首を摑もうとした。

「だれに頼まれたか言わないと鉄輪がおまえさん方の顔面に食い込むよ」

言葉つきが変わった澄乃の腕が振るわれ、倒れた三人の男たちの真上を鉄輪が風を切って飛んだ。

「荒海屋金左衛門ですか」

澄乃の問いに、

「あ、荒海屋ってだれだ」

と閂を外した長介が反射的に応じた。

「ならば色事師のほうですか」

またびゅーんと鉄輪が三人の頭上に翻(ひるがえ)った。

「おお、こ、小太郎って色事師に頼まれたんだ。銭はわずか一両足らず、手付けしかもらってねえ」

「おあきさんをどこへ連れていこうとしたのですか」

「そんなこと言えるか」

幾(いく)たび目か、麻縄の先の鉄輪が兄貴分の背を打った。

「次は手加減なしですよ」

と澄乃が力を入れた途端、

「横川(よこかわ)の業平橋(なりひらばし)だ」

と兄貴分が叫んだ。

「おまえさんら、あんなやつに使われていると殺されますよ。今宵は許してあげます、さっさと私の前から消えなされ」

との澄乃の言葉に三人が地べたを這(は)いずるように逃げていった。

「地蔵、よう頑張りました」

褒める澄乃の腕の中に地蔵が飛び込んできた。

「おあきさん、もう大丈夫よ」

と声をかける澄乃の前におあきが心張棒(しんばりぼう)を手に姿を見せ、

「ああ、澄乃さんだ」

とほっと安堵の声を漏らした。

四

翌朝、澄乃は馬喰町裏の煮売り酒場に四つ半前に顔を出した。店は開いていなかったが、料理人の竹松らは仕込みに入っていた。

「おお、来たか」

と虎次親方が「姪」を迎えた。

澄乃は姉(あね)さんかぶりにして前掛けをかけ、煮売り酒場の奉公人に変身した。

四つ半過ぎに虎次が表戸を開き、かなり年季の入った縄暖簾を掛けた。すると駕籠舁きのふたり組が飛び込んできた。すでにひと仕事してきた顔つきだ。

「腹減った」

若い後棒の光吉が言った。

「光吉、おまえはその言葉しか知らねえのか」

「親方、独り者だ、朝めしなぞ作ってくれる女はいねえや。朝餉抜きでひと仕事すりゃ腹も空く。おお、そうだ、親方の姪だかなんだか、澄乃さんが朝めし作ってくれるなら、こんな小ぎたねえ煮売り酒場の常連になることもねえがな」

「光吉、二度とそんな口叩いてみな。うちに出入りさせねえぞ」

と虎次が光吉を睨んだ。

「おっかねえ。いいよ、澄乃さんは諦めた。朝めしを頼まあ」

光吉と虎次の問答は毎朝繰り返されているらしく、澄乃は台所に行き、竹松が、

「その膳をあいつらに出してくんな」

と澄乃に頼んだ。

具だくさんの味噌汁にぶりと大根の煮込み、大もりの丼めしに漬物が載っている膳を澄乃はひとつずつ運んでいった。すると新たな客が数人増えていた。てんてこまいの繁盛が昼の九つ半（午後一時）まで続き、ようやく客足が減った。

「澄乃、おめえも昼めしを食いな」

と虎次が狭い帳場を指し、

「少しは慣れたか」

と尋ねた。すでに竹松が大もりの丼めしを掻き込んでいた。

「はい、忙しい商いは嫌いじゃありません」

「たしか澄乃さんはお侍さんの出じゃなかったか」

竹松が卵入りの味噌汁を半分ほど減っためしにぶっかけながら尋ねた。

「といっても父親が貧乏浪人だっただけの話です。懐具合はこちらのお客さんと大した違いはありません」

「そうか。だけどよ、若い娘が吉原会所勤めなんてだれも考えねえぜ。うちに慣れるくらいなんでもねえやな」

竹松が言い、

「お師匠がお師匠だからな。神守様がいなくなった今、澄乃さんよ、吉原会所はおまえさんが頼りなんじゃないか」

と虎次が竹松に代わって尋ねた。親方は客の前では「姪」の澄乃、と呼び捨てにしたが、身内の前だと、さん付けに変えた。

「親方、神守様の代わりなんて何十年経っても務まりませんよ」

「そりゃ、澄乃さんだけじゃねえや。会所には神守の旦那がいなくなったのはとんでもねえ痛手だよな。だがな、神守様のことだ、必ず吉原に戻ってくるぜ」

親方が言い切った。

「親方、そんなことどうして言えるよ。面番所の村崎って同心なんて神守幹次郎はやり過ぎたとあちらこちらで吹聴して回っているぜ」

と竹松が親方に問うた。

「村崎の旦那な、あいつは能無しのくせに金と他人の手柄をかっさらうことにはめっぽう敏い隠密廻り同心だからな。これまでどれだけ神守の旦那に助けられてきたか、ころりと忘れてやがる」

と虎次が言った。

「そういえば、あいつ、こないださ、うちに『神守幹次郎の行方は知らぬか』なんて訊きに来たよな。その折り、酒をしこたま呑んで、あいにく財布を面番所に忘れたなんて言ってよ、ただ酒していきやがった」

と竹松が吐き捨てた。

「竹松、あんな野郎だって南町の隠密廻り同心でいる以上、こちとら、なにも言い返せねえや。滅多なことを口にするんじゃねえぞ、あいつの耳に入ったら、厄介じゃ済まねえからよ」

と虎次が竹松に注意した。すでに昼めしを食い終えた竹松が、

「ああ、分かっているって。その点、同じ南町の桑平市松の旦那は違うよな。おれたちのことをないがしろにしねえで、食ったもんの銭はきちんと払いなさるぜ」

と親方に答えながら、

「澄乃さんよ、神守の旦那はどこに雲隠れしたんだよ」

これまで幾たびも口にした言葉を吐いた。

「竹松さん、私どもはなにも知らされていません。神守幹次郎様がいなくなって神守様の才器がどれほど大きかったか、会所はただ今如実に思い知らされていま す。私なんかじゃ手も足も出ません」

「だけどさ、神守の旦那のご新造さんは、まだ浅草寺門前の料理茶屋で奉公しているんだろ。おかしくねえか。ならば神守の旦那は吉原に戻ってくるよな」

「竹松さん、私はそのことをだれよりも願っています」

そう答えながら澄乃は昨晩のことを思い出していた。

三人の悪たれどもを追い払ったとき、汀女が金次を供に柘榴の家に戻ってきて、澄乃が柘榴の家にいることに驚きを見せた。金次が、

「澄乃さんは柘榴の家の留守番だったか」

と澄乃が廓の外の仕事をしているのを知らずに質した。

「金次さん、うちは澄乃さんを留守番に置くほどの身分ではありませんよ」

汀女が答え、澄乃を見た。

「偶さか思いついて柘榴の家の前を通りかかりました」

と前置きした澄乃は、三人組が柘榴の家に押し入り、おあきを勾引そうとした経緯を手短に告げた。

「おあきさん、怪我はなかったのですか」

と汀女が険しい口調で気にした。

「はい、わたしは家の中で黒介といっしょに心張棒を持って震えていただけです。澄乃さんと地蔵が三人組を追い払ってくれたって、澄乃さんの声を聞いて知ったんです」

脅えた様子を未だ残したおあきが答え、

「ちくしょう、野郎ども、神守様がいないと思って好き放題しやがるな」

と金次がこちらも怒りの顔で言い放った。

「なにかあってはいけません。柘榴の家の留守番をおあきさんといっしょにしばらく務めましょうか」

「澄乃さんには務めがありましょう。こちらはなんとかします」

「いえ、あちらの務めは昼間です。合間に泊まることだってできます。もし汀女先生がお許しくださるならばそうさせてください。泊まるところはどこでも大丈夫です。なにしろ吉原会所はただ今人手不足、柘榴の家に手をさけますまい。七代目にお願いしてみます」

澄乃が言い切った。

柘榴の家に泊まることにしようという澄乃の決心は固く、

「まずは四郎兵衛様のお許しを得ることが先決です」

と汀女がその決断に応じた。

柘榴の家から吉原に戻った澄乃は、柘榴の家で起きた勾引し未遂騒ぎを語り、四郎兵衛にしばらく柘榴の家に泊まる許しを願った。

「迂闊だったな、柘榴の家にそなたの手が借りられると心強い。だが、澄乃、そなたは左吉さんとの用があろう」

と案ずる四郎兵衛に、

「七代目、煮売り酒場の務めも左吉さんとの仕事も、差し当たって昼間でしょう。夜は土手八丁の浅草田町の長屋に戻るか、柘榴の家にお邪魔するか、どちらにしろ、どこかで寝ることに変わりはありません。汀女先生が戻るまででも私がいれば、おあきさんも幾分安心かと思います」

と願った。

「そうしてくれるか。廓内も手が足りないからな」

四郎兵衛が言い訳しながら許してくれた。

澄乃は浅草田町の長屋に戻ると、柘榴の家に当分泊まる仕度をした。そして朝方、柘榴の家に立ち寄り、着替えの入った荷を預けてきたのだ。


七つ（午後四時）の頃合い、煮売り酒場が忙しくなろうとする直前に身代わりの左吉が姿を見せた。

「親方、おまえさんの姪を借りていいかね」

「うちじゃ、澄乃がいると客どもが騒ぎ立てるからな、勝手に連れていきな」

と虎次が残念そうに答えたものだ。

「姪の手伝いなんて気まぐれが相場だ。遠慮なく澄乃さんに働いてもらおう」

と左吉が応じて、澄乃と左吉は別々に虎次の煮売り酒場を出た。そして、ふたたびふたりが落ち合ったのは浅草御門だった。

「小太郎の行方だが、今ひとつ摑めないんだ。色事師が転がり込む女の家が三つ四つある。界隈の浅草福井町もそのひとつだ。そいつから当たっていこうか」

と左吉が言った。

「小太郎の関わりの女衆の中に横川の業平橋の袂に住まいがある方がおりますか」

ほう、と左吉が言い、澄乃を見返した。

「左吉さん、昨夜、ちょいとした騒ぎがございました」

澄乃は前置きしてから、柘榴の家の門前で起こった一件を伝えた。

「なに、小太郎の野郎がちんぴら三人を雇って神守様の留守の家を襲おうとしやがったか。おあきって女衆を連れていこうとした野郎が、横川の業平橋と漏らしたんだな」

「はい。三人のうちのひとりが思わず口にしたのがその言葉でした」

「となると、おれの勘も大したことはねえか」

と浅草橋を渡った辺りで左吉が迷った。

「業平橋が先だったかね」

と自問する左吉に、

「左吉さん、その女衆はこの界隈に住んでおられるのですね」

澄乃は念押しした。

「御使番直参旗本二千石の妾が柳橋の芸者の春香でな、御使番が妾宅に来るのは十日に一度の割合だ。小太郎め、春香と懇ろになって半年余り、この妾宅に潜んでいると思ったんだがな」

「春香さんの家に小太郎が潜んでいるかどうか、たしかではないのですね」

「旦那が十日にいっぺん来るだけの割には酒の注文がかなりのものでな。住み込みの奉公人は小女ひとりだ。あとはめし炊きのばあさんは通いなんだ。春香の酒好きは柳橋界隈で知られているが、ちょっと多いと思い、小太郎がいると踏んだんだがな。澄乃さんの話を聞くと業平橋が本筋かもしれねえな」

澄乃はしばし思い迷った末に、

「せっかくです。左吉さんの心当たりを確かめた上で業平橋のほうへ回りませんか」

「よし、そうしようか」

左吉が即答した。

澄乃は、虎次の煮売り酒場を出る折りに素人女の地味な形に変えていた。

「春香さんは家におられましょうか」

「三日前に御使番の旦那下曽根信尭様が下城後に来ていたんだ。春香は、柳橋の置屋にそろそろ出ているかもしれねえな。ちゃきちゃきの江戸っ娘、三味線の腕もなかなかと評判なんだよ。なんで小太郎なんて安っぽい色事師野郎に惚れるかねえ」

と左吉がぼやいた。

黒板塀に見越しの松とお定まりの浅草福井町の妾宅は、下曽根が買い与えたものだろうか。

この御使番なる職掌は、将軍の命を受け上使として諸所に派遣される。元々は戦陣において主君の指令を伝達する役目であった。若年寄支配、千石高、布衣以上の役職であった。下曽根家の家禄は二千石だ。

「当たってみます」

と神田川の左岸で待つという身代わりの左吉に言い残した澄乃は、黒板塀の門を潜った。

表口でいきなり澄乃は粋な女衆と鉢合わせした。

その春香が格子戸越しに、じいっと澄乃を見た。

「どなたかしら」

「こちらに小太郎さんがお邪魔していると聞いたものですから」

「おまえさん、小太郎のなんだえ」

と春香が睨んだ。その言い方に、澄乃は春香を言いくるめることはできないと直感した。そして、

「小太郎のなんだえ」

との春香の言い方からもはやふたりの情愛は切れていると思えた。

「最初、小太郎の女です、と答えようかと思いましたが無理ですね」

「無理だね、おまえさんは小太郎の言いなりになる女じゃないよ。賢(かしこ)過ぎるもの」

「賢過ぎるなんて言われたのは初めてです。私、吉原会所の陰の者、澄乃と申します」

ふっふっふふ

と笑った春香が、

「吉原会所に女裏同心がいるって聞いたが、おまえさんかえ」

「女は私ひとりですから」

「小太郎がなにかやらかしたかえ。あいつが色事師と分かったとき、叩き出したのさ。何月前かね」

「以来、会ってはおられませんので」

「ありゃ、女を食い物にするダニだよ。なにをやらかしたね」

澄乃はしばし沈思した。

「言えないことかえ」

「老舗の大籬の遊女が小太郎に騙され、楼の内情を喋ってしまいました」

「おやおや」

「それがきっかけで元吉原以来の楼は潰れ、主一家の三人は首吊りに見せかけて殺されました。殺しは小太郎だけの仕事ではありますまいが、今も楼の孫がふたり、小太郎の仲間に捕らわれております」

「なんてことが」

と春香が茫然自失した。

「春香さんはそれほどの悪とは思われませんでしたか」

「うちの旦那を承知だね」

「はい、御使番と聞いております」

「御使番なんて金回りはよくないからね、この家だってわたしが半分金子を出したほどだ。こっちもあやつを見限ったけど、あやつもこっちに金がないと察したんだろうね。でも人殺しの仲間がいるなんて考えもしなかったよ」

「春香さん、向後小太郎が姿を見せても家の中に一歩たりとも入れてはなりません」

「分かったよ」

「お邪魔しました」

「おまえさん、名はなんだえ」

「嶋村澄乃です」

「なに、侍の娘かえ」

「父から鹿島新当流を教えられましたが、貧乏浪人の父も母も身罷りました。それで吉原会所に勤めました」

「澄乃さん、わたしの言葉をそう容易く信じていいものかね」

「春香さん、未熟ですが人を見る目は持っている心算です」

「有難う」

と礼を述べた春香が、

「置屋に出るまでに四半刻（三十分）はあるよ。うちで茶でも飲んでいかないかえ」

と誘った。

「春香さんも初対面の者を茶に誘われますか」

「芸者なんて職は、相手がなにを望んでいるかを察する商売さ。おまえさんの言葉を信じるよ」

春香が半分金子を出したという小体な家は数寄屋風の造りで、柘榴の家の離れ屋を澄乃は連想した。

「勿体のうございます」

「なにが勿体ないの」

「この家に小太郎を出入りさせたことです。小太郎が遊女を騙した妓楼は吉原の中でも別格の老舗でした。それをあの男は食い潰してしまいました」

「楼主一家の三人が殺されたというのはほんとのことだね」

「真のことです。ですがこの一件、吉原でも世間でも知られていません。春香さんに虚言を弄してなにかを伺うなんて卑怯だと思ったからお話ししました」

「澄乃さん、わたしの胸に仕舞うよ」

と春香が約定し、

「小太郎のなにが知りたいね」

と尋ねた。


四半刻後、澄乃は春香を柳橋の置屋に送り、両国西広小路に出た。すると身代わりの左吉が現われ澄乃と肩を並べて、

「気が合ったようだな」

「はい。茶を馳走になりました」

「ほう、初対面のおまえさんを妾宅に招じ入れたか」

「左吉さんが言われましたね、ちゃきちゃきの江戸っ娘と。ひと目見て虚言を弄してもお互い無益だと思いました。それで正直に私の身分を名乗りました」

「吉原会所の女裏同心とかえ」

「はい」

しばし澄乃の顔を見ていた左吉が、

「ひとつ間違えば危ない橋を渡ることになるぜ」

「私の師匠は神守幹次郎様です」

「あちらは危ない橋を渡る達人だ」

「はい」

「春香姐さんは小太郎についてなにか話してくれたか」

「いえ、話は大したことはございませんでした」

澄乃は懐から小さな帳面を取り出して見せた。

「小太郎のものか」

頷いた澄乃が、

「猪牙舟で参りませんか」

と左吉に願った。

第二章　鞍替え

一

　神守幹次郎はふたたび四条の浮橋を渡り、一力の見える辺りに戻っていた。すると一力茶屋の朱色の壁が見える四条通と花見小路の交わる辻に大勢の人だかりが見えて、ざわめきが聞こえてきた。そして、火消しの連中が走り回っていた。

「火つけとちゃうか」

「火つけやて。まだ人が起きとる刻限やがな」

「酔っ払いが悪戯したんかいな」

　などという話し声も聞こえてきた。

　幹次郎は四条通の人込みをかき分けて一力茶屋へと進んだ。

火事の火元が一力でないことは直ぐに分かった。

花見小路の奥のほうへ弥次馬連の視線が向けられていたからだ。ほっと安堵しつつようやく花見小路の入り口に立った。

「お武家はん、この先は行けまへん」

火事装束の刺し子を着た年配の男が幹次郎を止めた。若い衆が花見小路の奥へ行けぬように縄を張って弥次馬を見張っていた。

「それがし、一力の勝手口を訪ねたいのじゃがな」

一力の表口も大勢の男衆で埋まっていた。

「お侍はんは一力に関わりのお人か」

「次郎右衛門様に訪ねてくるように命じられた者だ。それがしの義妹が一力に世話になってもおる」

「ああ、あんたはんか、江戸から見えたお侍はんは」

「いかにもさよう。神守幹次郎と申す」

「祇園社の神輿蔵に寝泊まりしてはるお侍はんやな」

相手は念押しした。

祇園界隈で幹次郎のことはなんとなく知られているようだ。

「祇園感神院の彦田(ひこた)執行様のご厚意で神輿の番をさせていただいておる者にござる」

「聞いてます。うちは感神院の神事から神輿の出し入れまでやらせてもろうとる輿丁頭(よちょうがしら)の吉之助(きちのすけ)どすわ。宜しゅうお付き合いのほどを願います」

「こちらこそ、厄介者でござる。京のことも祇園のことも全く承知しておりませぬ。どうか『あれせよ、こうしてはならぬ』と教えてくだされ」

「祇園御霊会が近づいてますがな、神守様と会う機会が増えましょう」

と応じた吉之助が、

「火事場は一力の勝手口より一丁（約百九メートル）ほど離れた食い物屋ですわ」

幹次郎の身許が分かったせいか輿丁頭の吉之助が花見小路へ入れてくれた。

輿丁頭とは祇園社の祭礼の細々を司(つかさど)る男衆の頭ではないか、と幹次郎は推察した。祭礼の期間以外は、江戸でいう鳶職(とびしょく)のように火事場に出て、火消しやら人出の整理をするのだろう。

「このところこの界隈で火事が多いのんや」

「四年前の天明の大火の再来になっては大事ですからな」

「そういうこっちゃ、神守様」

行く手に炎が見えた。その炎の明かりに建仁寺の境内の木々が遠くに見えて、輿丁の男衆が火消しに追われていた。

京の火消しも建物を破壊して両隣の家が類焼しないようにする破壊消防だ。刻限が刻限だ。炎が出たのを直ぐに認めた人がいたのだろう。

幹次郎の目にも火元の建物を壊してなんとか炎が隣家に移らないように防いでいるのが分かった。

火元の入り口に生えている紅葉と思える木の若葉が炎に赤く染まっているのが見られた。炎はもはや勢い盛んではなかった。

幹次郎は、輿丁頭の吉之助に別れの挨拶をして一力の勝手口に立った。

「神守様」

声がしたほうを見ると火事装束の一力の主、次郎右衛門が火事場から戻ってきた。

「幸いなことに大火事にはならぬようですな」

「それにしても物騒なことや、このところ火つけが多くてな。今晩の火事は早う見つけたさかい、大事にならんと済みそうや」

と次郎右衛門が幹次郎に言った。

「やはり火つけでござるか」

「火がないはずの路地から炎が上がったそうや。嫌な感じどす」

と次郎右衛門が言った。

「吉之助どのからも火つけが流行(はや)っておると聞かされました」

「輿丁頭と話してはりましたな」

「輿丁頭とは祇園社の神事の手伝いの他にかような火事の場にも出て参られますか」

「神守様が寝泊まりする神輿蔵の神輿もすべて輿丁頭の吉之助はんの差配下で動かされます。祭礼が近づいたら吉之助はんとも頻繁(ひんぱん)に会うことになりますわ」

と応じた次郎右衛門が勝手口から幹次郎を誘った。そこに女将の水木(みずき)と麻がいた。

「火事はどないなりました」

「火元だけで収まりそうや、火つけやて役人はん方も言うてはる」

次郎右衛門が言い、

「お客はんは未だいはるか」

と天井の方角を指した。

「火事騒ぎにお帰りにならはりましたわ。なにやらあんたはんに話があったようどしたがな」

「うちには用はあらへん」

と返事をした次郎右衛門がその場で火事装束を脱ぎ始めた。

「義兄上(あにうえ)、えろう時がかかりましたな」

麻が幹次郎に質した。

「与左衛門様の誘いでな、たかせがわのご隠居を訪ねたのだ。あちらで御酒(ごしゅ)と夕餉を馳走になった」

「そろそろ楽翁様は江戸へお帰りとちゃいますの」

「そのことじゃ、楽翁様から別れの宴を持ちたいとの話があった」

「いつどす」

「明後日じゃ」

麻が主夫婦を見た。仕事を私用で休むことを気にした様子だった。

「麻、話は終わっておらぬ」

麻に告げた幹次郎が、次郎右衛門と水木の主夫婦に楽翁の願いを告げた。

「なんやて、明後日の宵、楽翁様がうちに見えて、神守様と麻様を客として迎えるということどすか」

「はい、主どの、さような無理が願えましょうか」

「楽翁様には、うちもえろう世話になりました。最後の京訪いと聞いてます。神守様と麻様を客としてお迎えするんも、うちにとって商売どすがな。水木、ふたりが客になることかましまへんな」

「楽翁様の願いを断われますかいな。明後日、麻様、神守様のおふたりは一力の客人どす。神守様、明後日ばかりは勝手口はあきまへんえ、表から堂々とお入りやす」

水木が言った。

「なにやら落ち着かぬことになった」

と幹次郎がぼそりと言い、

「うちもや」

と麻も困惑の顔を見せた。

「あんたはんらは不思議なお方やな。うちの奉公人かと思うたら客人やて、それも招きはるお方が江戸の三井のご隠居はんや。有難いことどす」

と水木が言った。

「水木様、うちはご隠居と義兄上を接待するいうことにして、おふたりの席にいさせてもらうことはなりまへんか」

「なりまへんな」

水木が言下（げんか）に応じて、

「それでは楽翁様の厚意が通じまへんがな。ご隠居も承知しはりまへんえ。うちかて麻様のぶんのお代が頂戴できなくなりますわ」

と冗談を言い添えて笑った。

「あの与左衛門様ですら楽翁様の前では緊張しておられました。われらふたりでご隠居の応対ができましょうかな」

と幹次郎は懸念を述べた。

「与左衛門はんを京に送り込まれたんは、江戸の三井越後屋の中興（ちゅうこう）の祖（そ）といわれる楽翁様や。与左衛門はんもひとりでは会うのがしんどいゆえ、今宵も神守様を誘われたんとちゃいますか」

「さあてどうでしょう。朴念仁（ぼくねんじん）のそれがしがいたからといって、なにかの役に立ったとは思えませせんがな」

「神守様、京の三井はんは祇園に店はおへん。けどな、祇園に関わりを持つようにしはったんは、江戸の楽翁様どす。京の最後の宵をうちで過ごしてくれはるのやて、一力にとってどれほど有難いことか、おふたりは分かってはりまへん。ええか、おふたりして明後日の宵は楽しゅう過ごしとくれやっしゃ。それが一力にとっていちばん有難いことどす」

と次郎右衛門が言い切った。


次郎右衛門と幹次郎だけが帳場座敷で対座した。

「本日の御用は、禁裏のさるお方と西国大名の重臣のお方との内談に関わりがございましょうか」

「火事騒ぎでうちが店を外したさかい、おふたりの用件はとくと聞いとりまへん。けど、関わりがおます」

次郎右衛門が幹次郎の問いに応じた。

しばし次郎右衛門は茶を喫(きっ)して考えを整理するように時をかけた。

「禁裏のお方は、本御料(ほんごりょう)、新(しん)御料、増(ぞう)御料と称される天子(てんし)はんの所領の上がりのすべてを差配(さはい)しはる禁裏御料方の副頭綾小路秀麿卿(あやのこうじひでまろきょう)どす。お相手の西国大名は、西国の雄藩の京屋敷家老職に次ぐ用人頭の南郷皇左衛門はんや。けど、うちらも名は知らんことになってますさかい、神守様も知らんふりを通しとくんなはれ」

と曖昧な説明をした。

京屋敷を置く西国大名の雄とは薩摩であることはだれもが承知のことだった。

「天皇家の実入りの本御料とは、徳川家康公より献上された山科郷など一万石どす。新御料とは元和九年（一六二三）どしたか、二代将軍秀忠公が朝廷に与えた宇治田原郷およそ一万石。さらに五代将軍綱吉公が宝永二年（一七〇五）に丹波国の所領を進献した石高を増御料と称しましてな、これらが禁裏の表向きの上がりのすべてどす。大名家でいえば、神守様のおられた豊後岡藩中川様七万石の半分ほどの実入りや」

と禁裏の内情を幹次郎に伝え、

「綾小路卿は京屋敷を置かれる大名家の窓口どす」

「今宵こちらで内談なされた西国大名京藩邸の重臣どのと綾小路卿は、昵懇の間柄ということですか」

「さようどす。おふた方にはそれなりの企てがあるんやろう。禁裏にはお金がありまへん。けど天子はんが控えてはります。両者は利害が一致してます」

「企てとは公儀崩壊後のことでございましょうかな」

「おそらくは。けど、そう容易く江戸の公儀が倒れるとも思えまへん。そやさかい禁裏と西国大名とは、この京であれこれと金稼ぎを画策してはります」

次郎右衛門の話は迂遠だった。

「退屈どすか」

「いえ、知らぬことばかりでためになります」

「綾小路卿には、禁裏の内証を豊かにする陰の役目があります」

「それがこの祇園の商いを支配することでしょうか」

「神守様はせっかちやな」

「つい推量で口を出してしまいました、失礼を致しました」

「さように直ぐに詫びはる謙虚さが楽翁様に好かれたんとちゃいますやろか。それはそうと、本日、おふたりがうちに上がりはった折り、綾小路卿が『次郎右衛門、そなたの用心棒にしてやられました』とひと言囁かれましたんや、『なんのことでひょ』と問い返しますとな、『白川の一件や。吉原会所の裏同心とやら、甘うみた』と言い添えられました。詳しい話はあとでと言われたんやけど、綾小路卿の話は火事騒ぎで聞けへんかったんや」

しばし幹次郎は沈思した。

「神守様、白川の一件、目撃した人がおったんとちゃいますか」

「次郎右衛門様、それがし、目撃もなにも神輿蔵におりまして、白川でなにがあったのやら存じません」

と幹次郎はこれまでと同じ返事をした。

「神守様のお口は堅(かと)うおすな」

「堅いもなにも事実でござる」

幹次郎はあの夜、斬り合いを目撃した者などいないことを剣術家の五感で承知していた。相手は次郎右衛門を引っかけようとしたのだと思った。

「ちとお尋ね致しますが、綾小路卿と白川の流れで発見された不善院三十三坊とはどのような関わりでございますか」

「おお、神守様のせっかちを言いながら、うちも話を性急にしてしまいましたな。綾小路卿は、この京では禁裏の始末屋の頭として知られてましてな、不善院三十三坊も綾小路卿の支配下にあったのはたしかどす」

「ならば、綾小路卿は、なにもご存じなく次郎右衛門様を引っかけようとしておられるのではないでしょうか」

「あのお方、一筋縄ではいきまへん。うちはそれなりの証しを持って一力に上がったとみましたがな」

「次郎右衛門様、それがしは冷たい雨の降る中に出とうはございません」

「と申されますが、相手方は神守様が不善院を始末したと思い込んどりますえ。直に責めを受けたらどないしはります」

「どうもこうも、その折りはその折りのことです」

「さすがに吉原会所の頭取に認められたお方どすな、うちの口説きなど通じまへんか」

と次郎右衛門が嘆息した。

「話が終わりましたんか」

麻の声がして、水木といっしょに帳場座敷に入ってきた。

「火事はどうなりました」

「鎮火したそうどす」

と麻が答え、

「夏場の火事より冬の火事が怖うおす」

と水木が言い添えた。

「火つけならば夏も冬もありますまい」

「神守様、冬は乾燥してますがな、盆地の京ではよう燃えますえ」

「そうでしたな」

と応じた幹次郎が、

「明後日の件、楽翁様にお伝えしてようございますな」

念を押した。

「むろんどす」

と水木が答え、

「それがし、ありもせぬ一件に関わったと噂されぬように本日は早々に神輿蔵に戻って休みます」

と幹次郎が辞去の挨拶をした。

「水木、神守様と麻様がうちと関わりを持ってな、なにやらわしらも退屈せんのとちゃいますやろか」

「いかにもさようどす。本日もな、どなたに聞きはったか知りまへんけど、麻様の琴が聴きたいと所望したお客はんがいはりましたえ。お馴染はんと違う(ちご)て、断わるのに往生しましたがな」

　麻が困った顔で幹次郎を見た。

「ふーむ、それがしに降りかかった一件は殺伐としておるが、麻のほうは雅な話ではないか。お断わりできぬお馴染様のために琴の稽古に励んだらどうだ」

「義兄上、祇園には芸達者なお囃子はんが数多いはります。素人の遊びで恥をかくのは一度で十分どす」

　と麻がはっきりと断わった。

　幹次郎は麻に見送られて勝手口から花見小路に出た。

「火事場を見ていこう」

「幹どの、私ども、このように慌ただしい日々でよいのでございましょうか」

　と麻がこれまでとは違った口調で幹次郎に質した。

「麻、京の方々のために身を挺するのもわれらの務め、京を知るための第一歩であろう。限られた一年でなにを得るのか、ぎりぎりまで見通せまい。祇園の祭礼の仕度が始まればそなたもそれがしも違った祇園が見られよう。焦ることはない、一日一日を大事に生きればそれでよいではないか」

　幹次郎の言葉に麻がしばし沈思し、

「はい」

と答えると、

「幹どの、気をつけて」

とほんの一瞬幹次郎の手に触れて送り出した。

幹次郎は花見小路を黙々と南に向かった。

火事場では、未だ御用提灯の灯りのもとで後片づけか、火つけの痕跡を調べるためか、役人衆が働いていた。

「ただ今お帰りですかえ」

と声をかけてきたのは輿丁頭の吉之助だった。

「頭、夜遅くまでご苦労じゃな」

「これがわしらの仕事どす」

「こたびの咎人はこのところ続いた火つけのと同じ者かな」

「手口から見て同じとちゃいますやろか。神守様には釈迦に説法かもしれまへんがな、火つけなんていつまでも続けられるわけおへん。いずれ捕まります」

「いかにもさよう。焼死人が出ぬうちになんとしても捕まってほしいものじゃ」

「へえ」

輿丁頭の吉之助と別れた幹次郎は、建仁寺の北側の塀に沿って左折して祇園社の神輿蔵へと戻っていった。

刻限は四つ半（午後十一時）を大きく回っていた。

夜風に風鈴の音が静かに鳴っていた。

二

この刻限より一刻半（三時間）ほど前、身代わりの左吉と澄乃は、両国橋から乗ってきた猪牙舟を山谷堀（さんやぼり）の船宿牡丹屋（ぼたんや）で下りて、老練な船頭（せんどう）の政吉（まさきち）のぼろ船に乗り換えた。

この船は猪牙舟よりひと回り大きく苫（とま）屋根を設けていた。吉原通いの客が使う山谷堀の船宿のものとはとても思えないしろものだった。つまり吉原会所の用に供（きょう）するための船だった。

牡丹屋は吉原会所の息がかかった船宿だ。廓の外での御用や四郎兵衛自身の用事に使われていたから、どんな注文にも驚かなかった。

神守幹次郎も、何度も政吉の世話になっていた。

澄乃が左吉と会って吉原会所の陰御用を務めることは、四郎兵衛から牡丹屋に伝えられていた。本日のように澄乃が御用の際、柘榴の家には汀女が戻ってくるまで小頭の長吉らが交代で詰めることが手配された。

柳橋の芸者の春香は、身分を明かして色事師の小太郎についてあれこれと尋ねた澄乃に別れ際に小さな帳面と書付を渡した。

「わたしがさ、あやつが色事師と気づく前、あやつはうちの家を勝手気ままに使っていたのさ。まあ、あやつは騙した女の住まいをこの界隈だけでもいくつか隠れ家にしていましたよ」

「浅草上平右衛門町に小太郎の馴染の女がいると聞きましたけど」

「吉原会所の女裏同心も大変だね、わたしのような色事師に引っかかる女の尻を追っかけ回すなんて。名は言いませんがね、小太郎の昔馴染でしたけど、もはやその女とはとっくに手が切れていますよ」

と春香が言い切った。

「あやつ、うちの小女にまで手をつけようとして、その小女がわたしに訴えたために性根が知れたのさ。わたしが、『二度とうちの門を潜るんじゃない』と啖呵を切って追い出したら、あやつ、うちのあちらこちらに隠した持ち物を慌てて集めて家を出ていったんだよ。そのときさ、この帳面と書付が上がり口の土間に置かれた履物の間に落ちたのにわたしも気がつかなかったのさ。二、三日して、小女がこのふたつを見つけてわたしに渡してくれた。帳面には、色事師の小太郎と関わりのある女のすべてが克明（こくめい）に記されていたよ。

　わたしの旦那が家に訪ねてくる日や仕事などがあれこれと認（したた）められているのさ。小太郎がこれまで騙した女の秘密も小さな字で詳しく書かれているよ。書付のほうは難しい字でさ、わたしにゃ読めません。こいつを澄乃さん、あんたに預けるよ、わたしのような女の恨みを晴らすのに使っておくれな」

　澄乃は帳面と書付を受け取ったあと、しばらく考えて言った。

「春香さん、小太郎はただの色事師ではありませんよ。仲間もいるし、これまで一人ふたり自らの手で他人様を殺（あや）めたかもしれない。そんなやつがようも素直にこの家を出ていきましたね」

「わたしの旦那は御使番ってことを承知だったね。旦那の配下には腕の立つ御番（ごばん）衆（しゅう）がいるのさ。だから、『おまえがわたしになにかをしようなんて企（たくら）んでいるなら無駄だよ。わたしゃ、すでに旦那におまえのことを話してある。この江戸で公方（くぼう）様の御使番がどのような行いをしているか見せてやろうか。旦那がわたしに惚れているうちは、このわたしに危害を加えるようなことがあれば、おまえの命はたちどころに消されちまうよ』といった脅し文句が効いたかね、意外と素直に出ていったよ」

春香は小太郎と別れた折りの経緯を語ってくれた。

「春香さん、帳面と書付をこの家に隠していたのなら、今春香さんが所持していることに小太郎は感づいていませんか」

「色事師の小太郎にとってこの帳面は、これまで付き合ってきた女と別れた女、そして、その旦那の仕事や懐具合がすべて認められた大事なもんよ。あやつはこの帳面をだれにも明かさず、身につけていたはずだ。書付は最前も言ったがなにがなんだかわからない。ともかく慌ててこの家から逃げ出したから。そのうちこの家に落としてきたと感づくかもしれないね」

色事師の小太郎にとってめしのタネのはずだ。となるとどんな手を使っても春香から帳面と書付を取り戻す算段をするはずだ。むろん本性をむき出しにして乱暴も働くかもしれないと思った。

「小太郎を甘くみると、危のうございますよ」

「だからさ、吉原会所の女裏同心のおまえさんに預けたんじゃないか。あやつがわたしを襲う前にとっ捕まえて小伝馬町の牢屋敷にでもなんでも叩き込んでおくれよ。腕利きの神守幹次郎様の弟子なら、そのくらい容易くできるだろ」

と春香が言った。

しばし沈思した澄乃は、

「春香さん、私どももあやつの一味をなんとしても捕まえなければ、ふたりの子供の命が危ういのです。この帳面と書付を必ず生かして、小太郎と一味をひっ捕らえてご覧にいれます」

と約定し、春香とは柳橋の置屋で別れ、両国西広小路で左吉と落ち合ったのだ。


山谷堀の船宿牡丹屋で政吉船頭の苫船に乗り換えたとき、左吉は、

「十間川の又兵衛橋に行ってくれませんかね、父つぁん」

と願った。

澄乃には十間川も又兵衛橋も皆目見当がつかなかった。だが、政吉は、

「あいよ」

のひと言で受けた。

苫船が隅田川（大川）に出たとき、澄乃は春香から譲られた、小太郎の虎の子

の帳面だけを左吉に差し出した。

「澄乃さん、おまえさん、読んだのかえ」

「いえ、まずは左吉さんが読んでください。私はあとで結構です」

澄乃が答えると左吉は直ぐに読み始めた。

長い時をかけて最後まで読んだ左吉が、

「これが色事師の小太郎の働きかね、なんとも手広いな」

と意見を述べて帳面を澄乃に返した。

澄乃は自分が読む前に左吉に尋ねた。

「俵屋のお涼さんのことも認めてありますか、左吉さん」

「ある。だがな、俵屋の楼主一家や関わりの者らの名が連ねてあるだけで、この帳面にはそれ以上のことは認めてないな。色事師の小太郎は、あやつだけの考えでお涼を情婦のひとりに加えたんじゃあるまい。あやつの頭目の命でお涼に近づいて懇ろになった。お涼から聞き出した俵屋の内情は、この帳面に記されていない。本筋の狙いだから用心したか。頭目から俵屋のことには、おまえは一切触れるなと厳命されたゆえか」

身代わりの左吉が自問した。

「頭目、あるいは頭分とは、佐渡鶴子銀山の山師で船問屋の荒海屋金左衛門ではありませんか」

澄乃は、四郎兵衛が目黒川右岸の居木橋村の借家に俵屋の元持ち主の萬右衛門を訪れた際のことを四郎兵衛から聞いて承知していた。

その折り、萬右衛門は、荒海屋という人物を知らない様子だったという。荒海屋が俵屋潰しの頭目でないとするとだれなのか、未だはっきりとしない点だった。

「どうやら違うようだ」

と左吉も賛意を示した。

俵屋を手始めにして吉原を乗っ取ろうとする一味の頭目がだれか、吉原会所では未だ摑んでいなかった。

澄乃にはなんとも腹立たしいことだった。

(こんな折り、神守幹次郎様ならばどう動くか)

「澄乃さんや、十間川の又兵衛橋近くに住まいする女とは、陸奥弘前藩の抱屋敷と龍眼寺に、南と西を接した隠れ家に住んでいるおこそって女でね、小太郎はその帳面にも記していない。しかしこの家が小太郎にとって最後の砦のはずだ。それにその柳島村から、奴が文の仲介場所にしていた中之郷横川町の口入屋もさほど遠くねえ。小太郎はその界隈に土地勘があるのさ」

「おこそさんは色事師の小太郎が騙した女のひとりですか」

「と言えるかどうか。二年前に死んだ親父の情婦でな、小太郎にとっては養母だ」

「養母ですって」

澄乃は思いもかけない左吉の言葉に問い返した。小太郎にそんな養母がいるなんて考えもしなかったからだ。

「とはいえ、おこそと小太郎とは七つ八つしか離れていまい。情を交わしていても不思議はないがな」

「そんなことが」

「ないというのかね。澄乃さんよ、わっしらが相手にする世間ではよくある話でね」

澄乃はしばらく黙り込み、問うた。

「どうやって左吉さんは、このおこそさんのことを探り出したのですか」

「わっしの牢仲間に色事師について詳しい男がいてね、こやつに会ってなにがしかの銭を握らせたら話してくれたんだ。蛇のみちは蛇かね、小太郎の死んだ親父も色事師だったそうな、おこそは親父とその倅の小太郎を操って、女たちから騙し取った金で柳島村に家を買ったのだとさ、なかなかの切れ者だよ」

「驚いたわ、親子で色事師だなんて」

「澄乃さん、おまえさんは律儀な武家方の育ちだ。だがな、世の中はそんな育ちばかりではないのさ」

「左吉さん、私は貧乏浪人の娘ですよ。律儀な武家方なんてものとはほど遠い暮らしでした」

と左吉の言葉を訂正した。

「ならばわっしの、身代わりなんて仕事も知らなかったろうね」

「吉原会所に勤め始めて、いつだったか、神守様から身代わりの左吉さんの稼業を説明されても、なんのことやらさっぱり分かりませんでした」

澄乃の返事に左吉が声もなく笑った。

「世間は裏と表、影と光のふたつで成り立っているのさ、どちらが欠けても面白みはあるまい。神守様はふたつの世間を上手に利用して生きていなさる」

澄乃は頷き、

「小太郎は養母のおこそさんの家に潜んでいましょうか」

と話柄を戻した。

「わっしの勘だがね、こたびの吉原乗っ取りなんて法外な話を小太郎が企てることなどできねえ。せいぜいお涼を騙して俵屋の内情や身内のことを聞き出すくらいだ。だがな、小太郎は親父から色事師の手口と牢屋にぶち込まれないようにする手立てを叩き込まれたはずだ。春香の旦那が御使番と知らされて、春香に盾突かなかったことでも分かろうというもんじゃないか。小太郎は、この養母おこその家についていては頭目に知らせていまい」

と言い切った。

「柳島村は業平橋からそう遠くありませんね。汀女先生が留守をする柘榴の家に押し込もうとした三人組のひとりが、さらったおあきさんを業平橋に連れていくつもりだったと私に漏らしましたが、おこそさんの家が近くにあることを知っていたのでしょうか」

「いや、三人組は、小太郎から業平橋と指示されていただけだろう。おこそのことも柳島村の家のことも小太郎から教えられていないとみた」

「どういうことですか。小太郎は吉原乗っ取りの一味の命に反して動いているのですか」

「その辺りがはっきりとしない。だが、小太郎は柘榴の家のおあきさんを勾引して吉原会所からなにがしかの金子を出させようとしたんじゃないか。吉原乗っ取りとは別口の話とわっしはみたがね」

「待ってください。俵屋を潰した折りに何千両もの金子を一味は手にしていましょう。今さら吉原会所を脅すなんて危ない所業をしてなんの益があるんでしょうか」

「そこだ。色事師の小太郎には大した金は渡らなかったとしたら、どうなるな。柘榴の家を襲った三人組だって、小太郎から手付け金として目腐れ金をもらっただけだと、澄乃さん、あんたに答えたんだったよな」

「いかにもさよう答えました。小太郎は荒海屋金左衛門や未だ正体の知れない一味の頭目に抗って、神守様不在の会所から金子を引き出そうとしたと申されるのですね」

「最前も言うたが、その辺りがはっきりとしない。それでおこその家を覗きに行こうと考えたのさ」

と左吉が言った。

いつしか政吉船頭の苫船は竪川に入り、四ッ目之橋を潜って十間川を北へと方向を変えていた。

　夏の宵が訪れていた。

「おふたりさんよ、龍眼寺はもう直ぐそこだぜ」

　と政吉が言った。

　澄乃は苫の間から辺りを見て、

「いつの間にかえらく遠くに来たのね」

　と呟いた。

「一本西の横川沿いならば町屋も貧乏御家人の屋敷もあるがな、十間川となると寂しいやな」

　と言った左吉が龍眼寺の門前に泊めてほしいと政吉に願った。

「政吉さん、長くなるかどうかまず様子を見てくる。その判断次第だな」

「左吉さん、気にしなさんな。会所の御用は昼夜の区別なしだ。連絡を待っているぜ」

　との政吉の言葉に送られてふたりは天台宗慈雲山無量院龍眼寺と陸奥弘前藩津軽家の抱屋敷の間を抜けて龍眼寺の裏手に出た。

　手入れの悪い梅林の中に藁葺きの一軒家があった。界隈にあるのはこの大きな家だけだ。

「あそこでしょうか」

澄乃が訝しげに、梅林の中にある家を見た。

「色事師が住む家とも思えないな。もっとも色事師が裏長屋に住むよりは粋に見えないこともないがな」

ふたりは星が光る宵闇に建つ家が妙に森閑としていることに気づいていた。縁側は開けっぴろげで人の気配がなかった。女のひとり住まいにしろ小太郎が戻っているにしろ、灯りひとつ点いている様子はない。

「声をかけてみましょうか」

「いや、まずは覗いてみようじゃないか」

ふたりが縁側に近づくと腹を空かせているのか、二匹の猫が、みゃうみゃうと鳴いた。

「だれもいる風はないな」

「いえ、嫌な臭いが漂っていませんか」

「血の臭いか」

戸口も開いたままだ。

広土間に白黒のぶちの犬が倒れていた。

「くそっ、なにがあったんだ」

と左吉は吐き捨てた。ふたりが土間に入ると、月明かりのわずかな光に照らされ、毒でも塗り込んだ食い物を喰わされたか、血を吐いて犬が死んでいた。

「おこそさん」

澄乃が住人の名を呼んだがどこからも反応は戻ってこない。

左吉は土間の隅(すみ)に立てかけられていた心張棒を手にした。澄乃は帯の下に巻いた麻縄の端を引き出した。

さらにふたりが竈(かまど)の並んだ台所に入ると、男がひとり倒れていた。犬と同様に生きている気配はなかった。犬と違って毒殺されたのではなく、刀で斬られたのが致命傷だった。

「澄乃さん、どこぞに行灯(あんどん)かなにか灯りはねえか」

と左吉が言い、澄乃は竈の下を見たが、薪(たきぎ)に火がつけられた跡はなかった。

竈の前に火打ち石があって藁も小割りも用意されていた。さらに傍らに火縄もあった。

澄乃は火打ち石でなんとか火縄に火をつけようとした。火縄に火がつくと、ふうふうと吹いて火縄の火をたしかなものとした。

その間に左吉が囲炉裏のある板の間に上がり、罵り声を上げた。

「左吉さん、行灯は見当たりませんか」

「ある」

と答えた左吉が、

「明るくしたところで地獄を見るだけだぜ」

と言いながらも行灯を板の間から提げてきた。

火縄の火を灯心になんとか燃え移らせると、ぼおっ、と台所の佇まいが浮かんだ。

「囲炉裏端にふたり、男と女が死んでやがる。土間の男といっしょで斬り殺されたんだな」

と左吉が言った。

澄乃は縁側の前に立ったときから悲劇を予測していた。

行灯でまず土間の男を照らした。

縦縞の着流しの男の驚きの顔が灯りに浮かんだ。

「昨夜、柘榴の家の門前で会った三人組の兄貴分だと思うわ」

澄乃は手拭いで鼻を塞いで背中を灯りで照らした。昨夜、澄乃の麻縄の先端の鉄輪に打たれて破れた単衣と、その下の打ち身の跡が見えた。

「左吉さん、やはりそうだわ」

「ならば囲炉裏端の大年増と男が、おこそと小太郎だろうな」

澄乃は行灯を手に板の間に上がった。

何人もの履物の跡が残り、おこそと思しき女はひと太刀で首筋から胸を斬られ、小太郎と思える男の顔には、木刀で殴られた跡がいくつも見えて、苦悶の表情で死んでいた。さらに家の中が荒らされて、なにかを探したあとがあった。

「小太郎の背信をあの男が一味の頭目に告げたんだろうな。そこで一味の者たちがこの家に現われた」

「土間の男は横川の業平橋、としか小太郎の住まいを知りませんでしたよ」

「小太郎の考えることなんか、一味の連中は最初から予測して調べ上げていたさ。あるいはわっしが牢仲間に聞いたように業平橋付近とまでは知れたなら、この親子がこの界隈に住んでないかどうか、調べる手もあろう。小太郎の裏切りを頭目に告げた三人組の兄貴分は親船に乗り換えようとしたが、結局この小太郎の家が知れて、親子を殺したあとに己も始末される羽目になったとみた」

と身代わりの左吉が言った。

澄乃が頷き、

「この一件、会所に知らせるのが先でしょうか」

「そうだな、まず四郎兵衛様に知らせ、四郎兵衛様から定町廻り同心の桑平市松様に使いを走らせて始末してもらうのがよかろうな」

「では、政吉さんに頼んで会所に知らせてもらいます。それとも私か左吉さんが政吉さんに同行してこのことを説明したほうがいいかしら」

「そうだな。政吉父つぁんではこの様子を説明できまい。わっしがこの場に残る。澄乃さんが急ぎ、父つぁんと吉原に戻ってくれないか」

と左吉が判断した。

澄乃は頷くと、龍眼寺前に泊めた苫船に急ぎ戻っていった。

三

十間川の龍眼寺に澄乃が南町奉行所定町廻り同心桑平市松と小者(こもの)らを連れて戻ってきたのは九つ(午前零時)の刻限だった。

その気配を感じた身代わりの左吉は姿を消した。

三人もが殺された現場で桑平と鉢合わせするのはお互いの立場からいって宜しくないと察したのだ。むろん澄乃もこのことは暗黙のうちに承知していた。

吉原会所に船頭政吉の船で戻った澄乃から小太郎と思しき者ら三人が養母おこその家で始末されたという報告を聞いた四郎兵衛は、

「澄乃、ご苦労じゃが、八丁堀の桑平様の屋敷を番方といっしょに訪ね、十間川まで出張ってもらえぬかどうか願ってみよ」

と命じた。

桑平ならば今晩のうちに行動を起こすだろうと四郎兵衛は承知していた。

実際、桑平は事情を聞くと直ぐに出張る仕度をなした。桑平の女房が子供ふたりを残して身罷ってからさほどの月日は過ぎていなかった。ために桑平宅には女房の母親の従妹であるみよしが子供の面倒をみるために泊まっていた。

政吉の苫船に乗り込んだ桑平市松は、番方の仙右衛門が控えているのを見ただけで、声をかけなかった。吉原会所と組んで御用を務めていると南町奉行所にみられることは、桑平にとっても吉原会所にとっても事情次第では決してよいことではない。だから、お互い目を合わせただけで黙したまま苫船に座したのだ。

「そなた、嶋村澄乃であったな。色事師の小太郎が殺されている現場を発見した経緯と現場の様子を詳しく話せ」

と桑平が命じた。

首肯した澄乃は、昨夜柘榴の家の門前を通りかかり、三人の男たちが押し込もうとしていたのを制止したことを話した。さらに、おあきを勾引して横川の業平橋に連れていくように小太郎に命じられたと男のひとりが漏らしたこと、小太郎が関わりを持った女たちへの訊き込みから、龍眼寺裏の小太郎の養母の家に辿(たど)り着いたこと、そこで小太郎と養母おこそ、おあきを勾引そうとした三人組の兄貴分が殺されている現場に行き合わせたことを詳しく告げた。だが、柳橋の芸者、春香の名も、春香から帳面と書付をもらったことも告げなかった。それから、この探索に身代わりの左吉が助勢していることも澄乃は話さなかった。

黙然(もくねん)と話を聞いた桑平が澄乃に、

「澄乃、この探索、そなたひとりでしのけたか」

と質した。

「ご存じのようにただ今の吉原会所は人手不足でございます。色事師の小太郎と縁を持つ女衆への訊き込みならば女の私のほうがよかろうと、政吉船頭の船であちらこちら訪ね歩いた末に、十間川の又兵衛橋近くに小太郎の隠れ家があることに辿り着き、そこが小太郎の養母のおこその家と察しました」

「その家で小太郎と養母、小太郎の手下と飼犬が殺されていたのだな」

「はい」

しばし間を置いた桑平が、

「だれが色事師小太郎の口を塞いだとそなたは思うな」

「吉原の妓楼俵屋の主一家の三人を首吊りに見せかけて殺した連中の仕業かと考えました」

桑平は俵屋の主夫婦と倅が殺された経緯を承知していた。

「官許の吉原を乗っ取ろうとしている佐渡の山師荒海屋なんとか一味か」

「と思えます」

「小太郎は使い捨てにされたのか」

「かもしれません。柘榴の家からおあきさんを連れ出そうとした三人組は、荒海屋一味や品川宿(しながわしゅく)外れの借家に仮住まいしていた俵屋一家を始末した者たちではありますまい。小太郎が吉原会所から金を引き出そうとして勝手に動いたと、手下の三人組のうちのひとりが一味のだれぞに訴え、その結果小太郎は始末された。

ところが一味は残酷にして薄情とみえ、小太郎を裏切った手下の口も塞いだのではと、考えました。桑平様、かようなことは素人の私が小太郎のあとを追っているうちに思いついた話、たしかな証しがあることではございません」

と澄乃は桑平同心に言い訳した。

沈思していた桑平が、

「吉原会所では、神守幹次郎どのを放逐した結果、新入りの女裏同心に負担がかかっておるか」

と桑平が澄乃にとも仙右衛門にともつかぬ言葉を漏らした。むろん桑平は神守幹次郎が「放逐」された真の顚末（てんまつ）を承知していると澄乃も仙右衛門も考えていた。

「私どもの力不足で四郎兵衛様は難儀（なんぎ）をしておられます」

と澄乃が呟いた。


龍眼寺裏のおこその家は真っ暗だった。仙右衛門が手にした提灯の灯りで、三人の骸が夏の夜だというのに寒々と転がっているのが見えた。

「桑平様、行灯を点（とも）してようございますか」

と澄乃が断わり、桑平が許した。

板の間に置かれてあった行灯は、つい先ほどまで灯りが点っていた気配があったのに澄乃は気づいた。このことは身代わりの左吉が最前までこの家にいたことを示していると澄乃は思った。

桑平同心は最前澄乃が話したことを念頭に三人の亡骸を丹念に調べながら、なにごとか思案していた。

「さあて、ろくでなしの三人の始末、どうしたものか」

と桑平がふたりを見た。

「桑平の旦那、なんぞわっしらにやることがございましょうか」

と、沈黙を続けてきた番方の仙右衛門が初めて口を利いた。

定町廻り同心の桑平の縄張り外での殺しだ。土地の御用聞きに関わらせると新たな厄介が生じるのは目に見えていた。

「どこぞの寺の無縁墓地に葬るか」

「この三人、町奉行所に面倒をかけるほどの連中とも思いませんや。この家にあった金子や金目のものはこの三人を殺した連中が持ち去っておりますしな」

「結局、色事師の小太郎は、俵屋を潰す手伝いをさせられただけでいい思いもすることなく始末されたことになるか」

「と思えますが、色事師め、賢しらにも吉原会所から金を引き出そうなんて考えやがった。神守の旦那がいないせいか、舐められたもんだ。腹立たしいや」

と仙右衛門が即答し、

「よし、吉原会所の手で始末せえ。それがしはなにも見ておらぬし知らぬ。それでいいな、吉原会所は」

と桑平同心が番方に命じ、言ってのけた。

「へえ、朝方までに始末します」

仙右衛門は、澄乃に桑平同心を八丁堀に送っていき、柘榴の家に帰りねえと命じた。三人の始末は吉原会所の若い衆にやらせると言外に告げた。

澄乃は、番方の命を素直に聞くことにした。そこで桑平同心と十間川の龍眼寺前に泊めた政吉の苫船に戻り、

「八丁堀にお願い」

と政吉に願い、

「あいよ」

政吉は短く答えた。

苫船は、舫い綱を外し十間川から竪川へと向かった。

「澄乃、神守どのからなんぞ便りはないか」

「どこからもございません」

澄乃は言外に神守幹次郎がどこにいるのか知らないと応じていた。

「一年の不在は長いのう」

と桑平同心が澄乃に呟いた。

「長(なご)うございます」

「神守幹次郎のいない吉原会所をなんとしても守りたいが、それがしと身代わりの左吉だけではなんとも力不足だ」

と桑平が漏らした。この一件に左吉が関わっていることを桑平は推量していた。

「桑平様は吉原会所になんぞ借りをお持ちですか」

澄乃は思い切った問いをした。

なぜわざわざ四郎兵衛が桑平に現場まで出張らせたのだろうかと考えたからだ。

「借りな、恩義はある」

桑平はそう答えた。

「神守幹次郎どのと四郎兵衛にはな、頭が上がらぬのだ」

澄乃には理解のできない言葉だった。

「女房が死んだ折りに世話になった」

と桑平が告げた。それがどういうことか澄乃には推量がつかなかったが、それ以上は問えなかった。それゆえ話柄を変えた。

「今晩、神守幹次郎様の代わりを務められましたか」

「ただ今吉原に降りかかっておる一連の出来事は向後も続く、終わりではない。ゆえに四郎兵衛は、それがしに現場を見ておいてほしかったのだろう。あの三人を殺した下手人は必ずや吉原に襲いかかってくる。その折りに始末すれば事は済む、済むがこちらの手に余るかもしれん」

「それはいつのこととお思いですか」

「それは分からぬ。いや、神守幹次郎どのが吉原に復帰する前であることはたしか。神守どのが戻ってくるまでに必ず事を起こす」

「戻ってくるとはどちらからでございますか」

桑平は澄乃の顔を見て、

「それがしは知らん」

と答えなかった。

澄乃が柘榴の家に戻ったのは七つ半（午前五時）の刻限だった。

地蔵の吠え声に汀女が起きてきて玄関に立ち、

「澄乃さんなの、夜通し仕事をした顔ですね」

と言いながら戸を開いてくれた。

地蔵が尻尾を振って澄乃を迎えた。どうやら澄乃は、柘榴の家の身内と地蔵に認められたらしい。

「昨晩、いえ、一昨晩になりますね、うちが襲われそうになった一件と関わりがありそうね」

「汀女先生、しばらくこちらに泊まらせてもらおうと思いましたが、最初の晩から朝帰りになってしまいました。申し訳ありません」

おあきも姿を見せた。

「ああ、澄乃さんだ」

「おあき、湯を沸かしてあげなさい。昨日の湯がまだ冷めてないはず、直ぐに沸きますよ」

と汀女が命じた。

台所で待つ間もなく湯が追い炊きされて澄乃は朝湯に浸かった。

「おあきさん、いい湯加減よ。有難う」

「昨晩じゅうに澄乃さんが戻ってくると思い、湯を抜かなかったんです」

釜の焚き口からおあきの声がした。

「おあきさん、一昨日、柘榴の家に押し入ろうとした三人組は、もはや姿を見せることはないわ」

「奉行所に捕まったんですか」

「いや、あの三人組の兄貴分は一味に始末されたの」

「始末ってなんですか」

「殺されたってこと」

おあきが返答に窮したか、間があって訊いた。

「柘榴の家に押し入るのをしくじったからですか」

「いや、違う」

と答えたとき、

「体がさっぱりとしたのならば、こちらにお出でなさい。昨夜の膳がそっくり残っていますから。お椀も温めましたよ」

と汀女の声がした。

澄乃は昨日は昼餉を摂ったきりで食事をする暇もなかったことを思い出した。汗ばんだ単衣を着替えて台所に行くと膳が出ていた。土間では地蔵が、火の入っていない囲炉裏端では黒介が、澄乃が箸を持つのを見つめていた。

「ご苦労さんでした」

と汀女が澄乃に言った。

「お腹を満たしたら少しお休みなさい。四郎兵衛様には私が説明しておきますから」

「汀女先生、もはや四郎兵衛様は番方から事情を聞いておられましょう。差し当たってこちらに押し入ろうとした三人組は戻ってくることはないと思います」

「あれこれと吉原に不幸が降りかかっているようですね。かような折りに」

と言いかけた汀女が、

「詮ないことを口にするところでした」

と言った。

朝湯に浸かり、朝餉を食した澄乃は柘榴の家の座敷に布団を敷いてもらい、横になった。

「澄乃さんに礼を述べるのを、忘れていたわ。澄乃さんがうちの前を通りかからなかったらわたし、大変なことになっていたのね。有難う、澄乃さん」

仕度を終えて座敷を出るおあきが礼を述べた。

「とんでもない、お礼なんて。私たち、身内でしょ」

「そう、身内ですもんね、だからこそ有難うとお礼を言いたいの」

「はい、聞きました」

と答えた澄乃は次の瞬間、眠りに落ちていた。


三刻（六時間）ほど熟睡した澄乃は、布団の上に起き上がり開かれた障子戸の間に浅草田圃を、そして、その向こうに吉原を見た。

初夏の光が青い田圃に降っていた。

「いいところね、柘榴の家って」

という独り言を聞きつけた黒介とおあきが姿を見せた。

「どう、眠れた」

「眠れたなんてもんじゃないわ。夢ひとつ見ることなく寝たわ」

と応じた澄乃は、

「汀女先生はもう吉原に参られたの、それとも浅草並木町の料理茶屋」

「吉原よ、でも、玉藻様も少しずつ引手茶屋の仕事ができるようになったんですって。だから、そろそろ並木町に行かれたころかな」

「今晩は私が汀女先生を迎えに行くわね」

「ならば安心ね」

とおあきが応じて、

「昼餉ができているわよ」

「えっ、寝る前に膳が出て、目覚めたら昼餉なんてお大尽の暮らしだわ。私、浅草田町の長屋から引っ越してこようかしら」

「そうしたら。柘榴の家から旦那様と麻様が抜けて、急に寂しくなったもの。離れのうすずみ庵も空いているし」

おあきが澄乃の言葉を本気に受け取ったようで、そう言った。


昼見世が始まったあとで、澄乃は大門を潜った。

白い日差しが吉原を射ていた。

「裏同心どの、えらく遅い出勤ではないか。そなた、神守幹次郎がいなくなったら、あやつの真似か」

面番所の隠密廻り同心村崎季光が澄乃の前に立ちはだかった。

「ちと用がございまして」

「おい、神守を真似て吉原の外でなんぞやらかしておるのではなかろうな」

「吉原の外でなんぞとはなんでございましょう」

「奉行所の同輩が噂しておったわ。つい最近まで角町で老舗を張っていた俵屋の一家が首吊りを図ったとな。そなた、さような話に首を突っ込んでおるまいな」

「村崎様、私の仕事場は大門の内側、五丁町と承知しております」

「ならば、昼見世が始まったというに、かような刻限に姿を見せおった曰くはなんだ」

「真に申し訳ないことながら私用にございます」

「私用じゃと、神守幹次郎もさような言い訳をようしよったな。まさかだれぞと逢瀬をなしたとかではあるまいな」

澄乃が笑い出した。

「おかしいか」

「村崎様、私がどなた様かと逢瀬を重ねてはなりませぬか」

「なに、やはりそうか。やけに顔がつやつやしておると思うたわ」

　しばし澄乃は村崎の顔を凝視し、

「本日は父の祥月命日（しょうつきめいにち）にございました。ゆえに墓参り、昨日のうちに四郎兵衛様にお断わりしてございます」

　と澄乃がさっさと村崎を避けて会所に向かった。

「祥月命日の墓参りならばなぜ最初からそう言わぬ」

　村崎が叫んだときには澄乃は会所の中に入っていた。

「ご苦労だったたな、段々と面番所同心の扱いがうまくなってきた」

　と小頭の長吉が言い、

「四郎兵衛様がお待ちだぜ」

　と奥を顎（あご）で指した。

　土間に老犬の遠助（とおすけ）が横になっていた。ちらりと四郎兵衛会所の飼犬遠助の老いた背を見て、奥へ上がった。

「四郎兵衛様、遅くなりまして申し訳ございません」

「亡き父御の祥月命日では致し方ございません」

「お聞きになりましたか」

「村崎同心の声はよう響きますでな」

と苦笑いした四郎兵衛が、

「昨晩はご苦労でした」

「いえ、左吉さんに助けられてあの家に辿り着きました。まさか色事師の小太郎と養母のおこそ、それに小太郎の手下の名無しまで始末されていようとは想像もしませんでした」

「おあきを人質にして会所から金子を引き出そうとしたことが小太郎のしくじりでしたな。荒海屋一派を甘くみたようです」

「はい」

返事をした澄乃が懐から小太郎が残した帳面と書付を出して四郎兵衛に渡した。

「小太郎が柳橋の芸者、春香さんの家に落としていったものです。帳面には、これまで小太郎が付き合ってきた女衆の名が認められています。書付は、私が初めて見る文字で記されています。ひょっとしたら小太郎はこの書付のせいで始末されたのかもしれません。この書付は身代わりの左吉さんも承知していません」

「ほう」

と書付をぱらぱらとめくっていた四郎兵衛が、

「梵字かな」

首を捻り、

「小太郎は荒海屋と組んでおる頭目を承知していたのであろうか」

と呟き、

「この帳面と書付、預からせてもらいます」

と言い添えた。そして、

「澄乃、昨晩の三人の死は、すべて知らなかったことにしてくだされ」

桑平市松と仙右衛門の阿吽の呼吸で、三人の骸がこの世から搔き消えたことを澄乃は承知した。

四

澄乃は遠助を伴い、仲之町を水道尻へと昼見世の見廻りに出た。

客の数がいつにも増して少ないように感じられた。京町一丁目の角を曲がり、三浦屋の前に出た。なんと張見世にお涼の姿があり、傍らには桜季が座していた。

大籬の格子ごしに澄乃はふたりに会釈した。俵屋にいた遊女のお涼がまさか三浦屋に鞍替えしているとは知らなかった。

遠助は桜季が張見世にいることに気づいたのか、小さく、
ワン
とひと声吠えた。

桜季とお涼が格子に寄ってきて、桜季が、

「遠助、元気」

と声をかけた。すると嬉しそうに老犬が尻尾を振った。

「桜季さん、お涼さんは三浦屋に鞍替えしたのね」

「そうなの、主の四郎左衛門様のお考えで涼夏さんと名を変えたのよ」

三浦屋では先輩遊女の桜季が言い、

「まるでおふたりは美形姉妹ね、美しいわ」

との澄乃の言葉に涼夏が、

「澄乃さん、三浦屋の涼夏を宜しくお願い申します」

と挨拶した。

三浦屋では桜季の後輩に当たるが、俵屋で売れっ子遊女だった涼夏のほうが年

上であり吉原での年季もあった。

「昼見世が終わったあと、少しの暇なら天女池に行けるわ。澄乃さん、涼夏さんといっしょに会わない」

と桜季が小声で言い、澄乃が頷くと、

「遠助もいっしょよ」

老犬にも声をかけた。嬉しそうに遠助が吠えた。


遠助を従えた澄乃は水道尻の火の番小屋に向かい、腰高障子をこつこつと叩いた。すると松葉杖を突いた番太の新之助が戸を開けた。

「なにかある」

「入りねえな」

澄乃と遠助が敷居を跨ぐと、新之助が吹き矢の稽古をしていた証しが板壁に掛けられた手製の的に残っていた。丸い的の真ん中に一寸（約三センチ）ほどの円が描かれ、的には矢が三本ほど突き立っていた。

番小屋の間口は二間（約三・六メートル）、奥行は三間半（約六・四メートル）、その北端の屋根に火の見櫓が設けられていた。

新之助は三間半先の的に幾たび矢を射たのだろう。無数の矢の跡が一寸径(けい)の円に集中して残っていた。

「また腕を上げたようね」

「番太って仕事は暇だからな。あれこれと考えているのさ」

「俵屋のお涼さんが三浦屋に鞍替えしたのね、知らなかった」

「澄乃さんはここんとこ大門外で御用を務めているからな」

頷いた澄乃が、

「なんとなくだけどお涼さん、涼夏さんって源氏名に変わって三浦屋に落ち着いた感じだったわ」

「俵屋はもはや廓から消えたんだ、覚悟を決めるしかあるまい。それが賢い遊女の生き方と思わないか。三浦屋ならば高尾太夫(たかおだゆう)もおられるし、遊女衆はしっかりとした人が多いや」

少し間をあけて澄乃が問うた。

「新之助さん、番方と話した」

「おお、おれがやれることなんて知れている。だが、神守様の留守の間さ、吉原会所の手伝いをさせてもらうぜ」

「心強いわ」

「この体だ、大したことはできないや。期待されても困る」

「新之助さんのその言葉が強みよ」

「おれの言葉になんの含みもないぜ」

「そう聞いておく」

「それにしても廓に来る客が少なくねえか。番太が案ずる話じゃないがな」

「私が吉原に関わってから大した歳月じゃないわ。それにしてもここんところの客足は妙よね」

「二丁町の芝居小屋はどんな風かね。奥山も吉原と同じく客が少ないっておれの仲間が嘆いていきやがった」

新之助が言った。

浅草寺の鐘撞き堂から七つを知らせる鐘の音が響いてきた。昼見世の終わる刻限だった。

「前から訊こうと思っていたんだけど、新之助さん、奥山に未練はないの」

「澄乃さんよ、足がまともじゃないんだぜ。未練があってもこの体で芸人が務まるほど奥山は甘くはねえのさ。おりゃ、吉原で新たな暮らしを見つけるさ」

「新之助さんは賢いもの、必ずこの廓で生きがいを見つけられるわ。いや、もう見つけているわね」

「ああ」

と新之助が応じた。

「吹き矢の稽古の邪魔をしたわね。これから桜季さんと涼夏さんと天女池で会って女だけでおしゃべりするの、もう行くわ」

言い残した澄乃が遠助と番小屋を出ようとすると、

「俵屋を乗っ取った佐渡の山師金左衛門は戻ってくるよな」

「必ず戻ってくるわ、私たちが油断した折りにね」

との澄乃の言葉を吟味した新之助が呟くように言った。

「その言葉忘れないようにしないとな」

「そういうこと」


澄乃と遠助が天女池に出たとき、初夏の日差しが小さな池を照らしつけて、野地蔵の傍らに聳(そび)える桜の若葉が鮮やかに澄乃の目に映った。

遠助が木漏れ日の下にゆっくりと寝そべった。

問いが自分に向けて発せられたと察した遠助は、気だるそうに澄乃に眼差しを向けた。ある若侍の仇として追われ、吉原に辿り着いた中林与五郎という人物が、その死に当たり会所に預けていったのが遠助だと若い衆の金次から聞いたことがあった。毛並みや歩き方からして十歳を超えているように思えた。

「いつまでも元気でいるのよ」

澄乃が言ったとき、桜季に案内された涼夏が天女池に姿を見せた。

「まあ」

と驚きの声を発したのは涼夏だった。その声音には初めて天女池を知った者の驚きがあった。

桜季がなにごとか涼夏に説明していた。おそらく野地蔵を背負った爺さまと吉原に出てきた経緯を説明しているのではないかと、澄乃には推察された。

お六地蔵と名づけられた野地蔵には痛ましい悲劇がいくつも隠されていた。

不意に起き上がった遠助が、ワンワン、と吠えて桜季を呼んだ。

「今そちらに行くわ、遠助」

黄色の菊を手にした桜季が手を振った。

急いで化粧を落としたふたりは浴衣(ゆかた)を着て、額(ひたい)に汗を掻いていた。

「澄乃さん、わたし、知らなかった。吉原にこんな極楽があるなんて」

「俵屋ではだれも知らなかったのかしら」

「澄乃さんも承知のように前の楼は、よその妓楼との付き合いを嫌っていたでしょ。だれも知らなかったのだと思うわ」

「野地蔵の話も聞いたのね」

はい、とだけ涼夏が答えた。傍らでは桜季が野地蔵に夏菊を捧げて合掌していた。すると涼夏も桜季に倣って手を合わせた。

遠助が甘えるように、合掌する桜季の体にすり寄った。

「はいはい、遠助、お待ちなさい」

桜季が懐から紙に包んだ饅頭(まんじゅう)を取り出して少しずつ与えた。

「吉原って地獄ばかりかと思っていたわ」

「涼夏さん、地獄も極楽も気の持ちようだと思わない」

「澄乃さんとはわたしたち、立場が違うもの」

「その通りだわ、言い訳はしない」

と澄乃が応じて、

「わたしにとってこの天女池は姉ちゃんと爺ちゃんのお墓ね。だから、毎日ここに会いに来る。極楽がどんなところか知らないけど、ここで野地蔵に手を合わせ、池を吹き渡る風を頬に感じていると落ち着くの、そんな場所」

と桜季が続けた。薄墨太夫が伊勢亀半右衛門の遺言で吉原の外に出る幸運を得た前後、爺ちゃんこと又造は身罷っていた。

「桜季さん、わたしをこれからも誘ってね。蜘蛛道というの、わたし、ひとりで来られないから」

涼夏が願った。

「いいわ」

と応じた桜季が澄乃に視線を向けた。

「涼夏さんが澄乃さんに訊きたいことがあるって」

「なにかしら、涼夏さん」

「わたしがいた俵屋になにが降りかかったの、教えて」

「涼夏さん、私は吉原会所の新入り、半人前の奉公人よ。だから、私が知らないことや知っていても話せないこともある。ともかく未だ騒ぎは終わってないの」

「えっ、俵屋が潰れて、だれかが買い取ったんじゃないの」

桜季が話に加わった。

「そんな分かりやすい話ではないわ」

「どういうこと」

と桜季が澄乃を見た。

澄乃はしばらく沈思して、

「私がここで話したことは、天女池を出て蜘蛛道に入ったら忘れると、ふたりとも約束できる。まだこの騒ぎが終わりではないことが分かるはずよ」

澄乃はふたりの遊女たちを見た。

桜季がこくりと頷き、涼夏が、

「約束します」

と険しい顔で応じた。

「俵屋の番頭の角蔵さん、俵屋の主の萬右衛門さん、女将さん、倅の太郎兵衛さんと次々に殺されて口を封じられたの」

澄乃の淡々とした言葉に、ふたりは意が酌み取れないようでぽかんとした。

「どういうこと」

と涼夏が自分に問うように呟いた。

「私は真に起こったことを告げています。でも、私がこのことを漏らしたと吉原会所に知れたら、私は即刻辞めさせられるでしょうね、会所を」

「ほんとのことなの」

「桜季さん、ほんともほんとのことです」

と澄乃が言い切った。

若いふたりはしばらく無言だった。

「涼夏さん、あなたを騙した小太郎って色事師も死んだわ」

「そ、それってどういうこと。吉原会所が涼夏さんの仇を討ってくれたの」

桜季の問いに澄乃が無言で首を横に振った。

「あいつ、川向こうに住まいを持っていたの。亡くなった父親も色事師だった。養母のおこそさんと住んでいた家にあいつの仲間が押しかけて、おこそさんと小太郎、それに小太郎の手下の三人を殺したのよ」

「仲間なのに殺したの」

桜季が質した。

「推量に過ぎないけど、小太郎は俵屋を乗っ取った一味の頭分には内緒で、吉原会所を脅して金をゆすろうとしたようなの」

「小太郎が吉原会所を脅すなんて。色事師にできる仕業ではないわ」

「汀女先生が留守をする柘榴の家から小女のおあきさんを勾引して、人質にして四郎兵衛様から金をゆすろうとしていたと私たちは推量したわ。偶さか私が柘榴の家の前を通りかかり、三人を追い払った。そのときのひとりが俵屋を騙し取った一味の頭目に小太郎のことを密告して助命を乞うたのね。一味は川向こうのおこそさんの家に押しかけて、おこそさんと小太郎を殺して家探しした。金目のものかなにか知らないけれど探して奪っていった感じね。その家まで案内した小太郎の手下もその場で殺された。私はその場に行ったから、直に三人が殺された現場を見たわ」

「驚いた」

と涼夏が漏らした。

「わたしが小太郎の口車に乗せられて俵屋の内情を話したことがすべての発端なのね」

「やつらのやろうとしていることは大仕掛けよ。官許の吉原の全権を奪い取ろうとしているの。涼夏さんが話した俵屋の内情は、あやつらにとって、吉原のごくごく一部のはずよ」

長いこと三人の娘は黙り込んでいた。

「そろそろわたしたち三浦屋に戻らなければ」

桜季が呟いた。

澄乃が頷き、

「あの者たちはこの吉原に必ず戻ってくる。そのときが勝負よ。ふたりして決して油断をしないでね」

と最後の忠告をした。

「吉原は官許の色里でしょ、それをだれが乗っ取ろうとするの」

「桜季さん、それが未だ正体が摑めないの」

「佐渡の山師のなんとかという者じゃないの。小太郎がわたしに漏らしたことがあるの」

と涼夏が言った。

「俵屋の一家は佐渡の荒海屋を知らなかったわ。この吉原を狙っているのは荒海屋の背後に潜んでいる、未だ正体を見せない大物だと思えるの」

「四郎兵衛様も知らないの」

桜季が質し、澄乃が首を横に振った。

吉原を襲った大火事に紛れて姉が企てた足抜騒ぎを通して、吉原会所の「力」を桜季は承知していた。だが、その七代目頭取の四郎兵衛も、敵の正体を未だ知らないと澄乃は言うのだ。

「あの折りは神守幹次郎様が吉原会所にいた。こたびはその御仁がいない」

「桜季さん、私たちは神守様を頼りにせずに未だ正体の知れない一味と戦わねばならないの。だから、ふたりも自分の身は自分で守るのよ。むろん私たちが手伝えるときは命を張って戦うわ」

澄乃の毅然とした言葉にふたりの遊女が首肯した。

「遠助、ふたりを三浦屋まで送っていくわよ」

と澄乃が遠助に声をかけると遠助が先頭に立ち、豆腐屋の山屋のある蜘蛛道に案内していった。

「澄乃さん、俵屋から一味はいなくなったんでしょ。一味が戻ってくるまで、別の仲間が廓内にいると思うの」

「桜季さん、そう思ったほうがいいわ。だからふたりも廓の中といえども注意して過ごすのよ、この一件は決して口にしないで」

はい、とふたりが同時に返事をした。

遠助は山屋の前で立ち止まり、ワンワンと吠えた。

「おお、遠助、きれいどころを三人も案内してきたか」

と山屋の主文六がまぶしそうな眼差しで澄乃と並んだ桜季と涼夏を見た。女房のおなつも山屋ただひとりの男衆勝造も、澄乃とふたりの遊女に嬉しそうな視線を向けていた。

「わたし、この山屋さんで働かせてもらったの」

「えっ、どういうこと」

と神守幹次郎の下した英断を知らぬ涼夏が問うた。

「涼夏さん、いつか暇なとき、ゆっくりと話してあげる。わたしにとってこちらは身内同然の家と覚えておいて」

桜季が言い、

「またお邪魔するわね」

と声を残して三人は京町一丁目を目指した。

勝手口から遠助を先頭に、三人の娘たちがぞろぞろと入っていき、

「天女池にしちゃあえらく遅いと案じていたよ」

おいつが言った。もはやその姿には長年女郎として身を売って生きてきた、荒んだ雰囲気はなかった。若い遊女たちを優しく見守る眼差しだけがあった。

おいつは幹次郎に頼まれて、西河岸（浄念河岸）の局見世（切見世）で桜季を寝泊まりさせていた女郎の初音だった。だが、幹次郎が桜季を三浦屋に戻した際、もはや女郎務めはきつくなった初音をいっしょに三浦屋の女衆頭として奉公させるように主夫婦に願い、初音もこの新たな奉公を有難く受けた。むろん幹次郎の考えだった。こうして初音は三浦屋のおいつという奉公人になったのだ。

「おいつ姐さん、御免なさい。天女池でついふたりとお喋りして遅くなってしまいました」

と澄乃が詫びた。

ふたりが夜見世のための化粧をし直すために大広間に急いで向かった。

三浦屋の土間に澄乃と遠助がおいつといっしょに残った。

「涼夏さん、吉原に天女池があることを知らなかったのね、初めてだって」

「俵屋の商いのやり口も変わっていたけど、花魁衆も張見世もなし、素人娘を売りにして商いをしてきたからね、抱えの遊女たちも他の楼の遊女と付き合いがなかったから天女池があるなんて夢にも考えたことはなかったろうね」

「それでつい話し込んでしまったの」

「話のひとつはなんとなく察しがつくね」

おいつが言い、

「澄乃さんよ、神守の旦那は一体全体どこに姿を消したんだね」

と澄乃に質した。

「おいつ姐さん、ふたりにも質されたけど、私風情の新入りでは分からないと答えるしかなかったわ」

「廓内で噂されている放逐話はほんとかね」

「それもはっきりとしたことは知らないの。だって頭取の四郎兵衛様と神守幹次郎様が絡んだ話よ、だれに推測がつくというの」

「まあね、だが、神守様は吉原に戻ってこない心算かね」

「私たちを、いえ、汀女先生を放っていくなんてどうみてもおかしいわ」

「だよね」

澄乃とおいつの問答は答えの出ないまま堂々巡りしていた。

いつしか夜見世の始まりを告げる清搔(すががき)の調べが廓内にけだるく響いてきた。

初夏の宵、吉原の商いが始まった。

第三章　敵の正体

一

　神守幹次郎は、白川の巽橋で禁裏一剣流の不善院三十三坊を斃した翌々日、いつも通りに清水寺に参詣(さんけい)して老師の羽毛田亮禅の読経に付き合ったあと、音羽の滝で水汲みをしてお婆とおやすに同道し産寧坂のお店に寄った。

「神守はん、お薄、飲まはりますな」

　とお婆に問われた幹次郎は、

「本日、観音寺道場の朝稽古に出る心算です。今朝はこの足で道場に参ります」

と断わって急ぎ祇園に下った。

　禁裏門外一刀流道場では、これまで幹次郎が見た中で最も多くの門弟衆が稽古に励んでいた。稽古着に着替えた幹次郎が道場に出ると、京都町奉行所同心と自称する入江忠助の姿はなかった。

「おお、今朝はいつもより早(はよ)おすな」

道場主の観音寺継麿が幹次郎に声をかけ、

「あんたはんの出を首長うしてお待ちの御仁がいはるわ」

と言い、

「日置宗勿(へきむねもち)はん、おいでかいな」

と道場を見回した。

すると道場の端で、径の太い長棒を独り黙々と素振りしている人物がいた。背丈は五尺五、六寸（約百六十七～百七十センチ）か、腰回りががっしりと頑丈で手足も鍛え上げられて道場に根が生えた感じだった。顔もいかつくえらが張っていた。

幹次郎は薩摩人だと直感した。

道場主に声をかけられた人物は、長棒を手に打ち合い稽古をなす門弟の間を悠(ゆう)然(ぜん)と歩いてきた。門弟の多くがこの人物を気にしていたらしく、稽古をやめて道をあけたからだ。

「観音寺先生、ご門弟にござるか」

と幹次郎は一応確かめた。

「いえ、初めて稽古に見えた御仁でな、あんたはんを名指しで見えましたんや」

「それは道場にご迷惑をおかけ申したようです」

「薩摩はんや、やくたいなことや」

幹次郎には観音寺の京言葉が理解できなかった。が、低い声音から幹次郎に注意を与えたのだろうと思った。

「日置はん、この御仁が神守はんや」

と観音寺が紹介した。

すると日置が口の中でなにごとかもごもごと言った。口利きに対して礼を述べたのだろうと幹次郎は思った。

「おはん、西国の出やな」

幹次郎はかろうじて日置の言葉を聞き分けた。

「いかにも豊後のさる藩の下士にございました。それも遠い昔のことにございます」

「京でなんばしちょる」

「なにをと申されても、あれこれと雑多な用事を習い覚えておりまする」

幹次郎の言葉をしばし吟味していた日置が、

「おはん、薩摩の剣術を使うげな」

「それがしの剣術は諸国の流派の真似ごとにござってな。その昔、旧藩の領地の河原にて独り稽古をしておられる剣術家を見ておりますと、なぜかその御仁が薩摩剣法と思しき形や動きをそれがしに教えてくださったのでござる。半年余りも河原での稽古が続きましたか、名も知らぬ師は、不意に姿を消されました。そののちは独り稽古ゆえわが剣術を薩摩剣法と呼んでよいか、未だ流儀を名乗る自信はござらぬ」

「薩摩の剣術は遊びごとじゃなか」

と呟いた相手が太い長棒を幹次郎に突きつけた。

「それがしに稽古の相手をせよと申されますか」

相手は無言で頷いた。

幹次郎は薩摩で日置姓といえば弓術師範の家系ではなかったか、と思い出していた。が、それ以上の知識はない。

「日置はん、木刀稽古なれば道場主の許しを得てからにしとくれやす」

と観音寺が遠回しに木刀稽古を断わった。

「大事なか」

と日置宗匆が小声で言い放って観音寺の言葉を無視した。

観音寺が幹次郎を見た。

「神守はん、木刀勝負やがな」

日置は、さっさと道場の真ん中に身を移していた。

「致し方ございません」

幹次郎も木刀を手に日置との間合を詰めた。

その折り、幹次郎は入江忠助が道場に入ってきたのを目の端に留めた。だが、直ぐに日置宗匆に注意を戻し、立ち合いに集中した。

幹次郎は咄嗟（とっさ）に、日置相手に薩摩剣法で立ち合うのを避けることを決断した。

両者の間合は三間半ほどになっていた。

日置が薩摩示現流（じげんりゅう）独特の打ちの構えを取った。なんとも大きな構えで禁裏門外一刀流の道場を圧倒した。

一の太刀での勝負の構えだ。

もはや勝ちか負けかしか、選択の余地はなかった。いや、日置は幹次郎の死を望んでいた。

幹次郎は定寸の木刀を左手に持った。ただし木刀の柄を上から握ったのではなく、遠い昔に薩摩者と思える老武芸者に習った通り、木刀を下から摑んでいた。

一瞬、日置宗勿がその構えを注視した。

直後、つつつつ、と低い姿勢で幹次郎が走り、同時に日置も踏み込んで長棒が幹次郎の脳天めがけて落ちてきた。

だが、日置が想像していた以上に幹次郎の詰めは速く、長棒が幹次郎の脳天を叩き割る寸毫前に幹次郎の木刀が日置の胴を叩いて横手に飛ばしていた。

長棒を手放すことなく日置の体がごろごろと床に転がり、必死の形相で立ち上がったが、足がふらついていた。それでも長棒を打ちの構えに戻そうとした。

「薩摩示現流の教えは、一の太刀勝負にござろう。本日は去りなされ」

と幹次郎が命じた。

しばし無言で幹次郎を睨んでいた日置宗勿がよろよろとした歩みで道場を出ていった。

稽古を止めていた門弟衆が思わず吐息を漏らした。一瞬の戦いの間、息を詰めていたのだろう。

幹次郎は、

「稽古を中断させ、ご迷惑をかけ申した」

と門弟衆に詫びると、道場主の観音寺にも無言で一礼した。そんな幹次郎に入江が近づいてきた。

「道場破りではなさそうな」

「それがし目当てのお方かと思います」

「そなたの身辺も忙(せわ)しいのう」

入江は日置が幹次郎との稽古目当てだけでないことを承知でそう言った。

「入江どの、稽古を願えますか」

「それがしはそなたと木刀稽古をなす勇気はござらんぞ」

入江は竹刀での稽古を望んだ。

頷いた幹次郎も入江も、竹刀で打ち込み稽古を始めた。それを見た他の門弟衆が稽古を再開して観音寺道場に活気が戻ってきた。

幹次郎が攻め、それに対して入江が粘り強く応撃する打ち合いが四半刻も続き、入江が不意に竹刀を引いて稽古の終わりを告げた。

「これ以上、そなた相手に打ち合いを続けると身がもたん」

と言ったが、幹次郎は入江が最後まで力を絞り切ったとは思わなかった。

「ちと話がある」

入江は幹次郎に道場を出ようと誘った。やはり最前の薩摩者は、幹次郎に単に剣術家としての関心を寄せているのではないと入江は察していた。

「先生に挨拶をして参ります」

と断わった幹次郎が見所の観音寺の前に立つと、

「そなたが姿を見せるようになって、わしも退屈せんで済む。門弟衆も緊張して稽古をなすようになった」

観音寺は幹次郎の詫びの言葉を封じた。

「師匠、活気があってようございましょう」

幹次郎に従ってきた入江が言った。

「入江忠助、そなた、とことん神守どのと打ち合う気はないか」

「神守さんとですか。さようなことをなせば御用に差し支えます」

と応じた入江が、

「本日はこれにて失礼します」

と幹次郎を連れて道場を辞去する挨拶をした。

白川沿いの茶店に入った入江が煎茶と生菓子を頼み、幹次郎も同じ注文をした。

「薩摩っぽが道場に来るようになっては、のんびりもしておられなくなったな」

と入江が幹次郎にまず口を利いた。

「それもこれもそなたが禁裏の始末方不善院三十三坊を斃したからだ」

幹次郎は無言で入江の言葉を聞いた。

茶菓が供されて、幹次郎は煎茶を喫した。

「禁裏と薩摩があからさまに牙をむき出してきおったわ」

「それがし、道場で立ち合いを望まれ、稽古相手をなしただけでござる」

「日置某は、そなたの腕前を試したかっただけというのか」

入江の問いに幹次郎は答えない。

「三十三坊を斬った覚えはないとあくまで申すか。まあ、そなたの立場ならばそう言うしかなかろうな。喜んでおるのは祇園の旦那衆だけだ。なんぞ付け届けがきたか」

「いえ、付け届けを受ける行いをなした覚えはござらぬでな」

「ふーん、吉原の裏同心どのは慎重じゃのう」

と言った入江も茶を喫し、生菓子を手で摑んで食した。

幹次郎は生菓子の傍らについていた黒文字で生菓子を切り分けて食した。

「神守幹次郎さん、そなた、阿芙蓉を承知か」

いきなり入江が話柄を転じた。

しばし間を置いた幹次郎が、

「阿芙蓉とは清国で阿片と呼ばれるものでござるか」

と問うと、

「そう、それじゃ」

入江が頷いた。

「それがし、遠い昔、岡藩の御用で阿芙蓉取引の場に踏み込んだことがある。また、江戸吉原でも禁制品の阿芙蓉を運び込もうとした船問屋の捕物に助力したことがあるがな、それ以上の知識はござらん」

長崎口など公儀が許した異国の品や抜け荷は、長崎街道を通じて豊後岡藩城下にも入ってきた。医薬品としての阿芙蓉もまた藩医などが購って重臣方の治療に使っていると聞いていたので幹次郎はその存在を承知していた。

幹次郎の返答に入江が頷き、手に残っていた生菓子を口に入れて、茶を喫した。

「果実かどうか知らぬがケシ坊主から出る汁は、鎮痛鎮静作用があるそうで、古より医者が薬に用いるな。だが、阿芙蓉に一度ハマるとその快楽が常習となり、体を壊すまで常用するそうな。ゆえに公儀は痛み止めの薬などとして少量長崎口より到来するもの以外、公には許しておらん」

と説明した。

なんとなく耳にしたことがあるような話であった。これまでは曖昧な話だったが、入江の説明は確実なものと思えた。

「阿芙蓉の産地は天竺じゃ、それが何百年も昔に南蛮紅毛人の住む地に伝わった。かの地では医薬品の他に嗜好品、麻薬としても用いられた」

「阿芙蓉の産地は天竺でしたか」

天竺はインドの古称だ。

「今から三百年も前、南蛮紅毛人らは大きな帆船を造船し、遠くまで航海して交易をするようになった。交易が異国へと大きく広がった時節、異国交易の重要な品となったうちのひとつが阿芙蓉、清国でいう阿片だ」

入江の話がどちらに向かうのか分からず、幹次郎は黙って聞いているほかなかった。

「わが国にも四百年前からこの阿芙蓉が入ってくるようになり、室町のころには、どのような海路か知らぬが阿芙蓉のもとになるケシの種が津軽にもたらされたそうな。この折り、ケシの種は『ツガル』と呼ばれていたそうだ。江戸に公儀が定まったのちには、弘前藩、尾張藩、岡山藩で栽培されていたという。とはいえ、天竺で栽培されるほど大量ではなく、わずかな量で、高価であったと聞く。むろん用途は麻酔など医薬品として栽培されていたのだろう。つまりこの国では医薬品として阿芙蓉を用いてきており、われらのような貧乏役人やそなたのような西国の貧乏藩の下士には関わりなきものであった」

と入江が言い、しばし沈黙した。

「長崎口到来の阿芙蓉は少量だ。また、わが国で栽培されていた阿芙蓉はもっと少量ゆえどちらも高価であったのだ」

と入江が念押しするように繰り返した。

「少量で高価となれば抜け荷として流れ込みましょうな」

「岡藩にさような阿芙蓉が流れ込んできておったか」

「それがし、岡藩で捕物に加わったと申しました。しかし、岡藩は長崎から上方へ禁制品が流れる中継の地、多くは留まらなかったでしょう。最前入江どのは西国の貧乏藩の下士には関わりなきものと申されませんでしたか」

「言うた」

「では、この京に阿芙蓉が流れ込んできておりますか」

「この京でも、阿芙蓉はツガルと呼ばれておるそうな」

「ほう、先ほどの話に出て参った呼び名ですな」

「ツガルは医薬品ではない、快楽のために使う麻薬じゃ。このような快楽を呼ぶツガルはどこから入ってくると思うな」

しばし沈思した幹次郎は、

「公儀が異国に許した交易の湊は肥前長崎だけでございましたな」

「そなたの藩にも長崎口の異国の品が入ってきておろう」

「入ってきていることは知っておりましたが、やはり貧乏藩の下士には関わりなきこと」

「神守幹次郎さんの女房どのは、借財のために上役の金貸しの女房を一時強いられたそうじゃな。そなたは上役の女房となったその女子の手を引いて藩を抜け、妻仇討から逃げおおせたそうな」

入江はどこからか幹次郎の前歴を調べ上げたようだ。

「それがしが未だ姉様と呼ぶ女子は、それがしと同じ下士長屋育ち。われらふたりは諸国を十年の間逃げ回り、妻仇討の代償に何人かの命が奪われました」

幹次郎の言葉に入江が黙したまま頷いた。

「上役に借財するような貧乏大名の下士には、長崎口の品は阿芙蓉どころか、すべて無縁にございました」

「であろうな」

と応じた入江が、

「快楽のために百金を支払う分限者はほんのひと握りであろう。この京で阿芙蓉が出回るとしたらどこがうってつけかのう」

「快楽は快楽を呼ぶために使われるのではございませんかな」

「その通りじゃ」

「京には、入江どのと関わりがある所司代もあれば町奉行所もございますな。さあて、どこに阿芙蓉を持ち込めばよいか、かような役人が目をつけ難いところはどこか。それがしには見当もつきません」

「そなたは吉原の裏同心ではないか。捕物があったと先ほど聞いたが、吉原に阿芙蓉は流れ込んでおらぬか」

「徳川様のお膝元の吉原は、官許の遊里にございますぞ。妓楼などで阿芙蓉を使えば吉原会所が気づきましょう。それともすでに出回っておると申されますか」

「神守さん、公儀のお膝元の江戸で阿芙蓉が出回るとしたら公儀が崩壊するときよ」

入江は大胆なことを口にした。

「ならば京の花街に阿芙蓉が入っておりますか」

「京の花街の先駆けはどこか」

「島原ではございませぬか」

「島原をそなた、承知であったな」

「一夜だけですが投宿致しました」

「かの者たちもまず島原に目をつけたのだ。島原は洛中とはいえいささか都の中心から離れておる。ゆえに所司代も町奉行所も目をつけまいと思うたのであろうか。じゃが、島原は寂れておるゆえ客も少ない。そんな場で阿芙蓉もあるまい。となると、賑わっておる花街はどこか」

「それは」

と応じた幹次郎は思案した。

「まさか祇園の花街に阿芙蓉が持ち込まれてきたと言われておるのではありますまいな」

「快楽は快楽を呼ぶ、何年も前から仕掛けている者がおるとしたらだれかのう」

入江は禁裏と薩摩が組んで阿芙蓉を京に持ち込んできたと言うておるのであろうか、と幹次郎は思案した。ともあれ入江は話を楽しんでいた。

「話を戻そう。阿芙蓉は公の長崎口より到来する他に医薬品として、津軽などでほんの少量ケシの実が育てられておると言うたな。それを阿芙蓉にするのだ、快楽に使うほどの量にはならん」

「となると抜け荷にござるか」

「神守さん、京に出回る異国からの到来物は、正当な品より抜け荷のほうが多いとも言われる。長崎口と称しておるが抜け荷の品だ」

「阿芙蓉もそうと申されるか」

「薩摩藩島津(しまづ)家は、公儀から琉球(りゅうきゅう)の領有と支配を許されておる。表向きには『琉球王国領』として一見別領の如く思わせながら、琉球王国を実際に支配してきたのは薩摩藩なのだ。

今ひとつ、琉球王国の存在を複雑にしておるのは、琉球の清国への朝貢(ちょうこう)策が明代より長年にわたって続いてきたことだ。薩摩の島津家が琉球の領有と支配を行ってきたにもかかわらず、琉球は清国との関わりを継続してきたのだ。この政策上の差し障りは別にして、琉球には清国の物産が容易に入り込んでいることを意味し、それは琉球を経て薩摩の鹿児島城下へと流れ込んでいることになる。琉球口と称する薩摩の品々は長崎口といっしょにこの京に入ってきて、長崎口と称されて売り買いされておる。琉球口は抜け荷のようで抜け荷ではない。薩摩藩からもたらされる品ゆえな」

幹次郎の問いに入江は慎重にも即答せず、薩摩藩の立場を説明した。

「入江どの、もう一度問い直そう。京に入ってくる阿芙蓉、すなわち阿片は琉球口の品でござろうか」

「一概には決めつけられぬが、それがしはそう思うておる。禁裏と薩摩がこの京でツガル商いをするのは、すでに二者が江戸の公儀崩壊後を考えて動いておるゆえと申してよかろう」

とさらに大胆な言葉を吐いた入江が、

「今晩、それがしに付き合うてはくれぬか」

と幹次郎に願った。

二

この夜、神守幹次郎は、薄汚れた着流しに蓬髪(ほうはつ)、腰に津田助直を一本差しにして四条の浮橋の西詰で入江忠助を待っていた。

四つ半を過ぎた頃合いだ。

初夏とはいえ人の往来は少なかった。

幹次郎は、常夜灯の灯りを避けて闇に潜むようにして待った。

入江からは、

「身ぎれいな形(なり)をしてくるでない」

との指示だった。

「どのような形がようござろうな」

と幹次郎が念押しした。

「そなたは西国のさる藩を抜けた下士であったな。そののち十数年諸国を浪々(ろうろう)してなんとか生き延びてきたとせよ。さような人物はまかり間違っても清水寺に詣(もう)でたり、一力に出入りしたりすることはあるまい。どちらに行っても形を見て、塩を撒かれる風体じゃな、そんな形と考えなされ」

己のほうから願ったにしては、なんとも強引であり漠然とした注文だが、幹次郎は頷くしかない。

入江と別れたその足で古着屋を訪ねて薄汚れた黒地の小袖を購い、祇園社の神輿蔵の部屋で着替え、髷をくしゃくしゃにして、十数年諸国を遍歴したのち、京を訪れた浪人者と思える形に変えた。

四半刻ほど入江の到来を待っていたが来る気配はなかった。

四条の浮橋の西詰の袂には物もらいと思える者が蚊を避けてか古着を全身にかぶり、鼾をかいて眠り込んでいた。

これまで幹次郎は江戸吉原から京の花街に見習い修業に来た者として行動してきた。入江に言われて、旅の浪人者が京に食い扶持を求めて逗留している形をして町に溶け込むと、これまで幹次郎が見てきたのは、

「表の京」

であることが分かった。

千年の都にも仕事を求めて入り込んでくる浪人者もいれば、在所からの逃散者がいることも悟らされた。

幹次郎はさらに四半刻待った。

子の刻限、九つが近いと思ったとき、物もらいと思える者の鼾がやんでむっくりと起き上がった。小便でもしたいのかと幹次郎が見ていると、常夜灯の灯りにお店の旦那か番頭風の形をした入江忠助が立ち上がった。

「待たせたかな」

「いや、そうでもない」

幹次郎が返事をすると入江が、

「まだ早うおす。うちの傍らに座りよし」

と、橋の袂の岩を指した。

入江が寝ていたのはこの岩の陰だ。

「神守はん、これから経験する祇園社の祭礼がいつどのようにして始まったか、承知してますか」

「いえ、なにも知らぬと思うてくだされ」

「ほんなら、うちが説明しまひょ」

と入江が言い、

「祇園社の祭礼は貞観十一年（八六九）と、みなはん言わはるな。今からおよそ九百年前に諸国に疫病が流行りましたんや。そこで諸国の数の六十六本の矛を神泉苑に立てて疫病退散を願ったのが『祇園御霊会』の始まりどす。その後もな、鴨川に大水が出て疫病が流行る梅雨の時節に、悪疫退散を願うて催されてきたんや」

幹次郎は黙って聞くしかない。

なぜ江戸から来た京都町奉行所の目付同心を自称する入江忠助が町人の形をして、京言葉を話し、貧乏浪人者の形の神守幹次郎に祇園祭の説明を始めたのか、見当もつかなかった。

「神守はん、祇園御霊会の山鉾を見はったら驚かれまっせ。室町のころからおよそ六十もの大きな山鉾が都大路を行く光景はなかなかのものやったそうや。けどな、ええことばかりやおへん。京の都をほぼ焼き尽くした応仁の乱（一四六七～七七）をはじめ、祇園御霊会は再々な、災禍に遭うて、中断を余儀なくされたんどす。そのたびに町衆が中心になってな、祇園御霊会を燃えてしもうた祭以上に華やかな祭礼として蘇らしたんどす」

入江が立ち上がった。

幹次郎も従った。

「こっちや」

四条通の南側の闇の小路に入っていった。

「神守はんは、毎朝清水寺で、羽毛田老師と先の天明の大火の供養の読経をしてはるそうやな」

「四年前にさような大火事が京を見舞っていたことに思い至らず、われらは京に参りました」

「そやそや、京を大火が見舞いましたがな」

「四年前に大火事が京の都を見舞ったなど一見して分かりませんな」

「日中、表から見れば火事などあらへんかったように、元のまんまの京の家並みや。けどこないしてな、裏に一歩入れば火事の名残は今もある」

入江忠助は京の旦那然とした形と言葉遣いで、細い通りを迷いもせずに幹次郎を闇の世界に導いていった。

「神守はん、今年の祇園御霊会もそこそこの賑わいやと思います」

と言った入江が、

「これからうちは丹後屋忠助、あんたはんは西国豊後某藩の浪人者、そやな、吉原幹次郎はんや」

「名を変えてどちらに訪ねていく趣向どすか、丹後屋の旦那はん」

「そやそや、その調子やがな。けど、浪々の剣術家が京言葉はおかしいな」

と応じた丹後屋忠助こと入江忠助が、

「祇園社の祭礼の華は山鉾巡行どす。今は三十以上もの山鉾が都大路を行く様は江戸では決して見物できまへん」

と自慢した。

幹次郎は黙って聞くしかない。

「一番鉾は、長刀鉾と決まってますんや。三十以上の鉾や山の中には『くじ取らず』というて、くじ引きせんと順番が決まった鉾がありましてな、長刀鉾はいつの時代にも山鉾巡行の先頭を務めます。この長刀鉾にはな、人形稚児やのうて生稚児が乗ってな、四条麩屋町で注連縄を切って巡行が始まりますんや」

と祇園祭の山鉾巡行を縷々と説明しながら丹後屋忠助は、吉原幹次郎とともに、一段と深い闇に入っていった。

「鉾のひとつに函谷鉾があります。この函谷鉾の由来は中国の戦国時代の斉の武人孟嘗君の故事に由来してると聞いたことがおます。由来の説明はやめときましょ、長うなりますさかいな。さて、吉原はん」

と口調を改めた丹後屋忠助が、

「この函谷鉾な、ただ今はあらへん。四年前の天明八年正月晦日(みそか)未明の七つ半時分、四条の浮橋の南の宮川町(みやがわちょう)付近から火が出て、二条城(にじょうじょう)も御所(ごしょ)も函谷鉾も燃えてしもうたがな」

天明の大火によって、鉾のひとつが燃えたことまでは幹次郎は知らなかった。

「函谷鉾を再建する場に案内してくれるのですか、丹後屋の旦那どの」

「天明の大火からたった四年しか経ってへん。鉾の再建には途方もない金子と歳月がかかるんどす。未だ再建の目処(めど)もついてへんのや」

とにべもなく答えた丹後屋忠助が、

「祇園御霊会の最中(さなか)、飾り立てた山鉾には疫病をもたらす災禍がついてますよって、直ぐに燃やしてしまうのが古からの仕来(しき)たりどした。けど、山鉾三十数基はみな競い合うて、豪奢(ごうしゃ)な異国製の絨毯(じゅうたん)などで飾り立ててます。無下(むげ)に焼却などできしまへん。そこで巡行後は直ぐに山鉾を解体して高価な懸装品(けそうひん)を各町内の蔵に仕舞い込むことで、役目を終わらせますんや。これが京の考え方や」

丹後屋忠助の話はなんとなく祇園祭をけなしているようにも思えた。それにしても京の祭礼も仕来たりも複雑で、一度話を聞いたくらいでは理解ができそうもなかった。

「話があっちこっちに飛びましたな。これから行くところは函谷鉾の山鉾や飾りなどを納めていた蔵どす」

丹後屋忠助は、函谷鉾の再建の目処は立っていないと言ったはずだ。

「蔵は残っているのですか」

「函谷鉾の蔵は燃えました。けどな、地下に山鉾を組み立てる道具やらがあります。代々受け継がれてきた、縄絡(なわがら)みというて釘ひとつ使わん技があって、あの大きな鉾が組み立てられるんやけど、各鉾には縄絡みひとつにしても独特の技が伝わってますんや。そのための道具やそれまでの鉾に起こった出来事が認められた書付が文書として膨大に残ってるそうや。その地下蔵を訪ねます」

闇はいよいよ深くなり、四年が過ぎた今もそこここに火事の痕跡が残っているように思えた。あるいは四条の浮橋の袂から路地に入り込んだ時点で、異界に紛れ込んだような感じがした。

「地下蔵でございますか」

「吉原はん、鉾ひとつ再建するのに莫大(ばくだい)な金子と歳月がかかると最前申しましたがな」

「はい、たしかに聞きました」

「函谷鉾の蔵は焼失しましたが、三棟の地下蔵は残りました。悪霊を慰めるための道具の一部が残る地下蔵には、どなたはんも近づくことはおへん」

はあ、と答えた幹次郎はしばし沈思し、

「丹後屋の旦那どの、どなたかが函谷鉾の地下蔵に、ツガルと称する阿芙蓉を取引する場を設けたと申されますか」

「さすがは吉原はんや、ええ勘してはる。名は言えまへんが、さるお方から聞いた話や。清国には阿片を吸飲する遊び場があるそうや。この地下蔵をな、清国風にツガルを楽しむ場に変えたという話を聞かされましたんや」

「入江どの、いえ、丹後屋の旦那どのは初めて訪ねるのかな」

「初めてどす。独りでよう行かしまへん」

と丹後屋忠助が飄々と言った。

「となると、それがしの役目はどのようなものでござろうか」

「決まってますがな、うちの用心棒はんどす」

丹後屋忠助が平然とした声音で言った。

「函谷鉾の地下蔵を遊び場に改装し、ツガルを持ち込むにはそれなりの金子が要ります。このふたつを供することができるのは」

しばし幹次郎は考えに落ちた。

「薩摩ですか」

「そや、薩摩はんどす。禁裏のお方は、薩摩はんの後見方やな、京のことは禁裏のお方がよう承知や」

「函谷鉾の旦那衆がよう許されましたな」

「そこや、旦那衆のごく一部のお方だけが承知のことや。なにせ新しい鉾を造るには莫大な金子と歳月がかかります」

と言い切った。

幹次郎はこれまで入江忠助がなぜ函谷鉾の蔵を探索しなかったかを考えていた。推察はできても証しがない、ゆえに幹次郎を誘って地下蔵のツガルの遊び場に入り込もうとしているのではないか。

幹次郎の迷いを察した丹後屋忠助が、

「地下蔵はいつの日か函谷鉾に返さんといけまへんな」

「借りたものを返すのは致し方ありません」

「まあそうや、この借りられた地下蔵にはもともとの持ち主がいます」

「地下蔵を函谷鉾の旦那衆以外に貸した者がいると申されますか」

「そういうことや。薩摩と禁裏が狙うとるのは、公儀を倒すことや。山鉾を再建するのと違うて、途方もない金子がかかります。地下蔵の遊び場を設けた一味が狙ってはるんは祇園感神院の門前町、その名も祇園町どすわ。幹次郎はんが世話になる祇園社にも、祇園の旦那衆にも関わりがありますがな」

丹後屋忠助の歩みが緩やかになっていた。

幹次郎は函谷鉾の地下蔵が近づいてきたと思った。

「丹後屋の旦那どの、祇園の旦那衆はいつから禁裏と薩摩藩に狙われていたと思われますかな」

「最初の四条屋儀助が刺殺されたのがおよそ一年と十一月前ですさかい、二年以上も前からとみたほうが妥当とちゃいますか」

「祇園の旦那衆七人のうち、一番手に四条屋、二番手に猪俣屋が殺されたのはなんぞ意図があってのことと申されますか」

「一力の次郎右衛門や三井の与左衛門はどう考えとるやろか」

と丹後屋忠助が反問した。

「祇園の吉符入前夜の出来事、町奉行所がふたりの死をとっくりと調べてくれぬことで苛立ってておいでで、順番はさほど考えておられぬように見受けられました。また一力の主どのは三番手に『うちが殺されても不思議はおへん』と言うておられました」

　幹次郎は闇の向こうから殺気が押し寄せてくるのを感じ取っていた。

「長話をしましたな、相手方に気づかれましたがな」

　と平然と漏らした丹後屋忠助が、

「うちはな、二番手、昨年の吉符入の前夜に殺された猪俣屋候左衛門の死に隠された意図があるとみてます」

　と囁いた。

「意図とはなんですかな」

「これから訪ねる函谷鉾の地下蔵の地所の持ち主は代々猪俣屋どすわ。このことは祇園の旦那衆もよう知らんのとちゃいますやろか」

　と言い切った。

　そのとき、ふたりは前後を黒装束の面々に囲まれていた。

「道に迷いはったんやろか」

　と前方から声がふたりにかかった。

「いえ、ちゃいます。今宵訪ねることになっとります丹後屋どす」

「おお、丹後屋の旦那はんどしたか。で、連れはどなたはんや」

「うち、初めてやさかい、ようひとりで来いしまへん、知り合いに同行を願いましたんや。このお方はうちの用心棒と考えてんか」

「うちは怪しげなとことちゃいます。用心棒なんて要らしまへん。帰しなはれ」

「それは困りますわ。吉原はんの同道がダメというんやったら、うちも帰らしてもらいます。遊びと思うて軽い気持ちで来たんやけどな」

声の人物が他の者と囁きを交わした。

「致し方おへん、今晩だけどすえ。次から丹波屋はん、おひとりで来とくれやす」

「うちは丹後屋どす。丹波屋やおへん。そう前もって名を告げてまっしゃろ」

「おお、堪忍してや。丹後屋はんやったな」

と応じた相手が、

「用心棒はん、刀を預からせてもらえまへんか」

と幹次郎に願った。

「主を守るのが仕事じゃ、刀は渡せぬ」

「おや、あんたはん、江戸のお人どすか」

「諸国を流れ歩いてきたでな、もはや生まれ在所がどこか忘れてしもうた」

「さよか、けど決まりごとは決まりごとや。江戸の吉原かて妓楼に上がる折りは、刀は預けるのが仕来たりやそうや。用心棒はん、うちの言葉を聞いてえな」

「それはできぬ」

案内方と見える小男はしばし間を置いて、

「しょうがおへんな。こちらへおいでやす」

と道案内に立った。

半分ほど焼け落ちた門を潜ると庭木が立ち枯れて、まるで墓場のように林立(りんりつ)していた。さらに三棟の土蔵のような建物の中から細い灯りが漏れてきて、燃え落ちた土や漆喰(しっくい)や梁(はり)が床にそのままに積み重なっているのが見えた。

「丹後屋はん、用心棒はどないしはる」

小男が幹次郎にもツガルを供するかと尋ねた。

「楽しむのはうちだけや。高い金子を前払いさせてもらいましたがな、用心棒まで手は回りまへん」

「ほんなら、こっちの段々を下りてや」

と蔵から地下へ延びる石段へと案内された。

石段は函谷鉾の道具を仕舞う都合上か、それなりに頑丈な造りで幅広くしっかりとしていた。

石段を下りると、奥行のある空間の真ん中に幅二間ほどの廊下が抜けており、赤い灯りとともにツガルを楽しむ甘い香りが小部屋の隙間から漂ってきた。豪奢な内装の小部屋は見渡すだけで八部屋ほどあった。他の地下蔵も同じ造りだとするならば、かなりの数の客がツガルを楽しんでいることになる。

廊下の先から微かな夜気が漂ってツガルと交じり合い、幹次郎らを刺激した。

この三棟の地所が猪俣屋候左衛門の所有地であると函谷鉾の旦那衆のみなが承知していたとしたら、第三者に貸すことを許すまいと思った。そのために候左衛門は殺されたのか、と幹次郎の脳裏に漠然とした考えが浮かんだ。

「この部屋や」

と小男がひとつの部屋の扉を開けた。赤い行灯の灯りのもとに真っ赤な肌襦袢(はだじゅばん)を着た女が待ち受けていた。

「丹後屋はん、楽しみ方は女衆がすべて教えます」

「うち、ツガルは初めてやおへんさかい、女衆の世話にならんでも宜し」

と丹後屋忠助が断わった。

「そう言わんと、楽しみが何倍も増しますがな」

と言った案内方が小部屋の扉を閉めて姿を消した。

三

同じ夜、江戸では十間川の龍眼寺裏手のおこその家に人の気配がしていた。蚊やりだけを焚いて蚊の襲来を避けた身代わりの左吉と、吉原会所の女裏同心の嶋村澄乃がひっそりと潜んでいた。

ふた晩目の待ち伏せだったが、だれがこの家に戻ってくるか全く当てはない。

この家の女主おこそと血のつながっていない倅の小太郎、それにこの家への案内方を務めて、最後には始末された小太郎の配下の三人組のひとりと、それに飼犬は、もはや吉原会所の手で密かにこの家から運び出されて、江戸の内海に石を抱かされて沈められていた。

住人のいなくなったおこその家に未だだれかが関心を持っているかどうか、左吉と澄乃は幾たびも問答を繰り返した。だが、相手方の動きも所在も摑めない今、

「無駄は承知でおこそさんの家で辛抱してみませんか」

という澄乃の言葉に左吉が首を捻りながらも付き合うことになった。

おこその家には昔蚕でも飼っていたような広々とした中二階があった。ただ今は物置として放置されていたが、左吉と澄乃はこの中二階に潜んで、姿を見せる当てもない者の出現をひたすら待っていた。

中二階の床板の隙間から囲炉裏が見えた。

蚊やりの微かな火の灯りと煙は人が近くにいることを告げていた。だが、荒れた梅林の藁葺き家にふたりの男女が潜んでいるなんて、表からはまず気づかれないことを左吉と澄乃は幾たびも調べていた。

身代わりの左吉の本職は、牢屋敷に他人の代わりに入って金を稼ぐ裏仕事だ。音も立てず気配を消して時を過ごすことには慣れていた。それでもふたりは時折り小声で話をして退屈を紛らした。

「左吉さん、身代わりなんて風変わりな仕事を親御様から受け継がれたのですか」

と澄乃が前々から訊きたかったことを問うた。

「おれの親父かえ」

　と左吉は遠い歳月のかなたを見つめるような眼差しを藁葺きの天井に向けていたが、

「親父は畳刺しだったよ」

「畳刺しってどんな仕事なんですか」

「そうか、畳刺しを知らないか。床師ともいってな、備後表を縫いつける畳の床を作るのが親父の仕事よ、床の素材は藁でな、藁で作った薦を何段も重ねて長い針でかけ縫いするのよ、力のいる職人仕事だな」

　と言った左吉が単衣の襟の裏から五寸（約十五センチ）はあろうかという長い針を抜いて澄乃に見せた。先が鋭く尖った針は手入れがされていた。

「親父のかけ縫いの針は一尺（約三十センチ）余あった。だが、これは親父が餓鬼のおれにこさえてくれた針ゆえ、半分の長さよ」

「親御様は左吉さんを跡継ぎにしたかったのですね」

　ああ、と頷いて、

「おれに親父みたいな根気はねえ。牢屋敷にしゃがむのがせいぜいだ」

　と自嘲した左吉の手の針を見た澄乃は、この針は左吉の隠し武器だと思った。

　そのことを察した左吉が、

「この隠し針のことは神守の旦那も知らねえんだ」

と言った。

「左吉さん、親御様の跡継ぎになれなかった左吉さんは、身代わりなんて仕事をどうして思いついたんですね」

と澄乃が訊いた。

左吉は、好きな酒も煙草(たばこ)も断って身動きひとつしなかったが、退屈しのぎにか澄乃の問いに応じた。

「おれの親父が世話になってた旦那がな、なんの咎(とが)か小伝馬町の牢屋に入れられることになったんだ。おりゃ、大した悪(わる)じゃないが牢屋敷がどんなところか承知していた。町奉行所の牢掛かりの同心と、牢屋敷の同心が手を組んでよ、金を持っている咎人の買い物なんぞをしていることを承知していたしな。おれの親父が世話になった旦那のためにさ、『旦那、わっしが身代わりに牢屋敷にしゃがみましょうか』と訊いたところ、『そんなことができますか、もし私が牢屋敷に入らないでいいんなら、左吉さんにそれなりの金子を渡すよ』と言うじゃないか。

澄乃さんや、この世間には城中から下々の暮らしまで表もあれば裏もある。おれが承知の町奉行所の牢掛かりの同心に密かに尋ねるとな、旦那のやった咎を聞いたそやつがさ、『金がかかるぜ、あちらこちらに銭を配ることになるからな』と答えやがった。旦那は金をいくらでも持っていなさる。町奉行所の牢同心と牢屋敷の同心にそれなりの金子を渡して、おれが小伝馬町の大牢に二十日余り入ってさ、放免になったのが身代わり仕事の始まりよ。以来、二十年近くこの闇の商売で生きてきたのさ」

「私の父にこの話を聞かせたら、決して信じないでしょうね。亡き父はこの世間に金持ちと貧乏人の違いがあるのは承知でも、そんな闇の仕事があるなんて決して認めませんでしたよ。だって、この世は正しき人と悪しき人しかいないと思うような人でしたから」

「親父さんには決して身代わりなんて闇仕事を分かっていただけないだろうな。律儀に生きてこられたのさ。だから、澄乃さんの家は金に縁がなかったのさ」

「はい」

と応じた澄乃は、

「神守幹次郎様と左吉さんとは馬が合いましたよね、どうしてでしょうね」

と静かに訊いた。

「澄乃さん、考えてもみねえ。西国の貧乏大名の下士なんて、江戸の裏長屋住まいの職人より貧しい暮らしだろうが。だからよ、幼馴染の汀女先生を上役の金貸しに法外な利息がついた借財のカタに奪われてしまいなすった。神守様はよ、世間は正義と邪悪だけで成り立ってねえと、若い身空で知りなさったんだ。人妻だった汀女先生の手を取って、十年諸国を逃げ回ることがどんなに厳しいことか、わっしには想像もつかない。だがな、澄乃さん、妻仇討として追っ手がかかる旅暮らしを経て、わっしのような身代わりの闇仕事が表と裏をつないでいることを承知していなさった。だからさ、わっしらは直ぐにお互いの胸のうちを悟ることができたのさ」

「やはりわが父には考えもつかないことでしたね」

「ああ、知らないまま身罷られたようだ。おまえさんは、どうだね」

左吉の問いにしばし思案していた澄乃が、

「こうして左吉さんと夜を過ごしておるのも、父には理解できない行いでしょうね」

「あの世で親父様に会ったとき、叱られるんじゃないか」

「左吉さん、あの世があると信じておられますので」

今度は、左吉がしばし間を置いた。

「坊主には善行を積むと極楽に行き、悪行を重ねると地獄に落ちると言う者がいるがさ、わっしはなにひとつ生臭坊主の言うことは信じてねえ。坊主もこの世の商いのひとつよ。あの世に地獄も極楽もあるもんか」

と左吉が言い放ち、畳針を後ろ襟に戻した。

ふっふっふふ

と澄乃が声も上げずに笑い、

「私は未だそこまで達観しておりません」

と応じた。

「澄乃さん、おまえさんの歳で達観なんぞされちゃ、坊主の商いは要らないぜ」

はい、と応じた澄乃が、

「廓は、若くして己の望みを捨てねば生きていけないところです。桜季さんという若い遊女は、大籬の三浦屋から局見世の暮らしに落とされ、だれもが信じられないことに、また三浦屋の新造として戻されました。桜季さんはあの若さで、この世の吉原に地獄と極楽があることを承知しておられます」

「ああ、その話は聞いた。だが、そんな荒業ができるのは神守幹次郎ってお方が地獄極楽はこの世に、いやさ、己の気持ちの持ちよう次第にあることを承知だからな、やり遂げなすったことよ」

「はい」

「澄乃さんも神守様の道を辿っていくつもりかえ」

「神守幹次郎様にはだれもなれません。私は私の道を探りさぐり進みます」

「それでいい」

と左吉が言ったとき、柳島村の無人であるはずの家に人の気配が忍び寄ってきた。

「こいつらは未だ金が地獄と極楽の通行手形と思ってやがるな」

と身代わりの左吉が吐き捨てた。

だが、左吉も澄乃も忍び寄ってきた者がだれか知らなかった。

階下で蠟燭に火が点され、提灯に移された。

中二階の床板の隙間から、弥蔵を極めて手拭いで顔を隠したふたりの男の姿が浮かんだ。

澄乃にはそのふたりがだれか分かった。柘榴の家からおあきを勾引そうとした三人組の、残りのふたりだった。ひとりは長介と呼ばれた男だ。もうひとりの小男の名は分からなかった。

「五一、たしかにこの家が色事師の小太郎の住まいか、あいつの家は名主か」

「親父も小太郎も色事師よ、女に金を貢がせて買った家よ」

五一と呼ばれた男が長介に言った。

「魂消たぜ、小太郎がこんなでけえ家に住んでいるなんてよ。子供の一人やふたり、この家に隠しておけるな。周りには家はないしな」

と長介が言い、

「だがよ、又兵衛橋近くってんでこの家をめっけるのにだいぶ時を要したぜ」

「でも、見つけたじゃねえか」

「だけど、どうしてこの家が小太郎の家と分かるよ。だれも住んでねえぜ」

「いや、まちがいねえ。龍眼寺の裏手にはこの家しかねえからな」

澄乃は左吉に、あのふたりを承知だと仕草で教えた。

「小太郎もおふくろもいねえぜ」

「兄いもいないぞ、どうなってんだ」

「まさか小太郎とおふくろは殺られたってことはねえか。なんとなく血の臭いが鼻につかないか」

ふたりしてくんくんと土間のあちらこちらを嗅ぎ、

「長介、蚊やりを燃してねえか」

「どこでよ」

「小太郎とおふくろが座敷の奥で寝ているってことはないよな」

「兄いもか。だって小太郎から金をせびってやるって出かけたのは昨日の昼だぞ」

「兄いも殺られたってことはないよな」

そう言い合ったふたりは草履を脱いで囲炉裏の切り込まれた板の間に上がった。

「やっぱり血の臭いがするぞ、五一」

「そう思うからよ、そんな感じがするんだよ。おれの鼻は蚊やりの臭いが気にかかる」

と座敷に上がった小男の五一が応じて、手にした提灯をあちらこちらに向けていたが、

「この家には中二階があるぞ、長介」

「中二階にだれかいるのか」

「上がってみるか」

「おい、小太郎だったらどうするよ。あいつ、兄いよりひでえ野郎だぜ」

「兄いが垂れ込んだ相手にさ、すでに殺されているよ。いるもんか」

「ならばどうして兄いはおれたちのところに戻ってこないんだよ」

五一と長介は恐怖心からか喋り合っていた。

「よし、中二階に上がってみるぜ」

五一が提灯を突き出すように手にして、もう一方の手は懐に差し入れた。匕首の柄でも握り締めているのか。

その声を聞いて、澄乃が静かに立ち上がりはしご段の横手の陰に身を移した。

「おい、長介、だれか歩いているのがいるぞ」

はしご段の中途で足を止めた。

「おれたちが上がるはしご段の音だよ。だれもいるわけねえよ」

と後ろから長介が言った。

「そうか、そうかねえ」

と言いながらも五一がそろりそろりと上がり、中二階に提灯を突き出した。

灯りの中に身代わりの左吉が浮かんだ。

「だ、だれだ」

「おめえらこそだれだえ」

左吉はすでにふたりの問答から察していたが、こう静かに反問した。

「ここは色事師の小太郎の家だな」

相手がひとりとみて、五一が元気を取り戻し、

「五一、だれと話しているんだよ」

と長介も上がってきた。

「五一、長介、おめえらの兄いの名はなんだえ」

左吉が訊いた。

「ああ、おれたちの名を知っているぞ、こいつ」

「他人様の家にこんな刻限に忍び込む野郎は、盗人と相場が決まっていよう。だがな、ああべらべらと話すのは盗人稼業じゃあ、ご法度だぜ」

「おれたちは盗人なんかじゃねえ」

「じゃあ、なんだえ、てめえらの仕事はよ」

「そんなことはどうでもいいや。てめえは小太郎のなんなんだよ」

長介が不安を抑えて左吉に質した。

「色事師の仲間じゃねえことはたしかだな。まあ、おめえらのような雑魚を釣り上げようと、この家で夜明かしした野暮天よ」

「おれっちが雑魚だと」

となにか言いかけた長介に、

「もう一度訊くぜ、おめえらの兄いの名はなんだ。三途の川を渡ろうにも、名無しじゃ可哀そうだからな」

「な、なに、新助兄いが三途の川だと、どういうことだ」

「新助がてめえらの兄いの名か。小太郎も小太郎のおっ養母さんも新助も、始末されたぜ。三人は今ごろ三途の川を渡った頃合いだな」

「見も知らねえてめえの話なんか、だれが信じるものか」

と五一が叫んだ。

「ならば私の話なら信じるの」

と中二階の暗がりから澄乃が姿を見せた。その手には先端に鉄輪のついた麻縄が握られていた。

「ああ、てめえは」

「そう、一昨日だったかしら、寺町の家に押し込もうとしたときに会ったわね」

「吉原会所の女裏同心か」

と長介が喚いた。

「どう、手加減したけど鉄輪の痛みは残ってない」

「く、くそっ」

「罵り声などみっともないわ。いい、私の仲間の話をじっくりと聞いたほうが、あんた方のためよ。小太郎も新助も、この家の主だったおこそさんも無残にも殺されていた。あんたたちが土間で血の臭いがすると感じたのは正しかったのよ」

「どうしてそんなことが言えるよ」

と五一が言った。

「私たちも小太郎の行方を追ってこの家を訪ねたの、つい昨日の夜よ。すると土間にこの家の飼犬が血を吐いて死んでいた。さらに新助兄さんも小太郎も小太郎のおっ養母さんのおこそさんも無残に殺されて、家が荒らされていた。今さら嘘を言ってもしようがないわ。悪いけど三人の骸と犬の死骸は、こちらで始末させてもらったわ」

「う、嘘だ」

「ならばこの血の臭いはなんなの。吉原会所の真の敵は、新助の口を封じた一味よ」

「兄いの口を封じた一味ってだれだ」

「妓楼の俵屋を潰した連中よ。新助はその一味の頭分を承知していたんじゃないの。となると三人がこの家で殺された理由が察せられるわよね」

澄乃の言葉に、五一と長介が顔を見合わせた。

「荒海屋金左衛門かえ」

と左吉が尋ね、

「はあー、あらうみやって、だれだい。おれが承知なのは、そんな名じゃないぞ」

と長介が反射的に応じた。

「ほう、おまえが承知ってのはだれだえ。その名は新助も知ってたのか」

長介ががくがくと頷いた。

「新助と小太郎が口を封じられたのはそのせいかもしれねえぜ。おっ養母さんのおこそは、とばっちりを受けて殺されたんだな」

左吉の言葉にふたりが茫然とした。

「まあ、座りねえ。おれたちはお互い助け合わねえと、小太郎や新助のように無残に殺されていく。そいつだけはたしかだ、長介」

「ど、どうすればいい」

長介がどさりと座り、提灯を手にした五一も従った。

澄乃も三人の間に加わった。

「な、なにが起こっているんだ」

と五一が尋ねた。

「あなた方、俵屋に降りかかった騒ぎを承知よね」

「色事師の小太郎が若い女郎を騙して俵屋の内情を喋らせたんだよな。小太郎から新助兄いが自慢話を聞かされてさ、おれたちにちらりと『大儲けになるぞ』と漏らしたから知っているぜ」

「だったら俵屋の一家がどうなったか、承知なの」

「妓楼を叩き売って廓の外で安穏に暮らしているんだろうが」

長介の問いに澄乃が首を振り、

「じゃあ、どうして小太郎も新助もこの家で始末されたの」

と告げるとふたりは長いこと考え込んだ。

その間に左吉はひと言も喋らない。ふたりの応対を澄乃に、いや、沈黙に任せた。

長い時が流れた。

「姉さんよ、小太郎と新助兄いが殺されたってのはたしかだろうな」

と長介が念押しした。

「私と左吉さんがたしかに見たわ。小太郎は顔をこん棒かなにかでひどく殴られて拷問(ごうもん)を受けたあと、止(とど)めを刺されていた。あやつらは、小太郎がなにか一味の秘密をこの家に隠し持っていると考えたんじゃないかしら。家探しした跡が残っていたもの」

と言いながら小太郎が一味の秘密を手にしていたとするならば、四郎兵衛の手にある書付ではないかと澄乃は思った。

四

「ちくしょう」

と長介が怒りとも不安ともつかぬ罵り声を上げ、

「俵屋は老舗の大籬をあやつらに安く買い叩かれて吉原を追い出されたんだろう」

と五一が漏らした。

「おふたりさん、俵屋一家はあの一味から、妓楼を譲り渡した金子をびた一文も受け取ってないのよ」

「どうしてよ、あれだけの老舗の大籬だぜ、沽券(こけん)を安く買い叩いても二千両や三千両はしようじゃないか」

澄乃はまた沈黙した。

長介と五一に考える時を与えたのだ。

「おめえの名はなんだ」

五一が不意に問うた。

「澄乃よ」

「澄乃、どうしてだ」

「あの者たちは、俵屋一家に一文も与えずに廓から追い出した。萬右衛門の旦那は抱えの遊女や奉公人に事情をひと言も告げずに、夜逃げのように大門の外に出ていったの」

「俵屋は吉原会所に訴えなかったのか」

「なんの相談もなかったわ。七代目もそのことを悔しがっておられる。俵屋は会所を、この四郎兵衛を信用してくれなかったかってね」

「なぜ、そんなことができるよ」

「俵屋の倅の太郎兵衛さん一家は、廓の外の別邸に暮らしていたわね。そこにはお孫さんが五人いた。その孫のふたりを勾引して人質に取ったの。孫思いの萬右衛門さん一家をとことんいたぶって、角町の廓から追い出したのよ。あんた方だって俵屋が他の妓楼と違って、素人娘に装わせた遊女を売りにして馴染の客しか相手にしていなかったことを承知でしょ。他の妓楼との付き合いもなかった。そんな老舗の意地と孫ふたりを人質に取られている弱みもあって、吉原会所にはなんの相談もできなかったの」

「澄乃、いま俵屋一家はどこにいるんだ」

長介が喚くように問うた。

「俵屋一家は、品川宿外れの居木橋村の寂れた借家に引っ越していたわ」

「俵屋の内証はなかなかなものだと聞いたぜ」

とまた五一が繰り返した。

「新助兄いから聞いたの」

「おう」

「たしかに元吉原時代からの老舗の大楼よ。俵屋にはあんた方が言うようにそれなりの貯(たくわ)えもあったはずよ。それが孫ふたりを人質に取られて、一文なしで吉原を叩き出された。古くからの奉公人にも抱えの遊女にもひと言の相談もなくね」

「よくもそんなことができたな。だっていくら付き合いが悪いといったって、吉原会所の四郎兵衛の力を借りれば、孫ふたりを取り返してくれようじゃないか」

五一が自分たちの所業は棚に上げて言い募(つの)った。

「あんた方は、小太郎が付き合っていた一味を甘くみているわ。私は居木橋村の俵屋さんの住まいを見たわ。とても、代々吉原で大見世を続けてきた妓楼の主の暮らしではなかった。この家なんかはまだましよ。手入れのされてない借家で安い刻(きざ)み煙草を吸っておられる姿は、俵屋萬右衛門様をよく知る七代目も声をかけられなかったほどとおっしゃっていたわ」

「さすがに俵屋の主は、追い出された経緯を会所の四郎兵衛には話したろう」

と長介が澄乃に質した。

澄乃は首を横に振り、

「もううちのことを構ってくれるな、の一点張りだったそうよ。四郎兵衛様はその折り、俵屋のお孫さんのひとりが小指を切られている意味も他の孫ふたりが一味に捕らわれていることも知らなかったから、それ以上問い質せなかったの。五十両を萬右衛門様に何も言わずに置いて、借家を去るしかなかったの」

「分からねえ」

と五一が首を振り、

「吉原会所が俵屋のことを調べ始めたことを察した一味は、萬右衛門、お市夫婦に倅の太郎兵衛さんの三人を、居木橋村の荒れた借家で首吊りに偽装して殺した」

と澄乃が言葉を続けた。

「そ、そんな。なぜとことんいたぶるんだ」

五一が漏らしたが、長介は黙って考え込んでいた。

「そのへんの事情を小太郎はいくらか承知していたはずよ、あんたたちの兄いの新助も聞かされていたかもしれない。一方、吉原会所は俵屋になにが起きたのか、ほとんどなにも摑んでいなかった。この首吊りに装われた殺しには南町奉行所の定町廻り同心のあるお方も立ち会ったから承知よ。だけど今のところ世間に公表してない」

「なぜだ、澄乃よ」

「五一さん、私たちがまだ正体をはっきりと摑んでいない一味は、俵屋だけを狙ったんじゃない。一味は官許の遊里吉原をそっくり乗っ取るつもりでいるのよ。俵屋潰しは、その足がかりに過ぎなかったの」

「おい、だれが公儀の許した遊里の吉原を乗っ取るってんだよ。だって吉原は町奉行所が差配しているんだろうが」

「おまえさん方だってそのくらいは承知なのね」

「馬鹿にするねえ、吉原会所の女裏同心よ」

「すまなかったわ、馬鹿にする気はなかったの。私たち吉原会所は、なにが吉原に降りかかっているか未だ曖昧にしか承知していないの。はっきりしていることは、おまえさん方の兄貴分の新助が、小太郎の魂胆に気づいて金儲けに走ろうとしたことよ」

「どういうことだ」

「新助兄いから聞いてないの」

「おれは知らねえ」

と五一が応じた。

最前から澄乃との問答の相手を五一ひとりがしていた。長介も、そして身代わりの左吉も澄乃に任せて、ひと言も口を利かなかった。

「おまえさん方三人は小太郎に命じられて、寺町の家に押し入り、奉公人の女衆を勾引そうとしたわよね」

「そりゃ、姉さんがとくと承知じゃないか」

「あの家がだれの家なのか承知なの」

「神守なんとかという吉原会所の裏同心の住まいだと、新助兄いから聞かされたぜ。だけど神守は吉原会所から放り出されていねえから、抗う者はだれもいねえと聞かされていたんだがな」

　と五一が恨めしそうに澄乃を見た。

「私も手のうちを明かしてしまったわね」

「妙な得物を使いやがるよな」

「小太郎は、おあきさんを勾引してどうしようとしたの」

「新助兄いは聞かされていたかもしれねえが、おれたちはそこまでは知らねえ。小娘ひとりを横川の業平橋の袂まで連れていけば、なにがしかの手伝い賃を小太郎からもらうことになっていたんだ」

「そんなところでしょうね。あの夜、私が柘榴の家の前を通りかからなければ、おあきさんはこの家に連れてこられていたわ」

「おおそうか、娘をこの小太郎の家に連れてこようとしたのか。ならばおれたちに最初からそう言えばいいじゃないか」

「小太郎はおまえさん方にこの家のことを知られたくなかったのよ。ひょっとしたら最初は、兄いの新助にも秘密にされていたかもしれないわね。ともかくこのおあきさんの勾引し騒ぎは、吉原を乗っ取ろうという一味の仕業ではない。そう見せかけているけど、小太郎ひとりが小賢しく企てたことね」

「色事師の小太郎は女に困ってはいめえ」

「おあきさんを人質にして吉原会所から金を引き出そうとしたのよ。そのことに新助兄いが気づいて、一味の頭目に小太郎のことを告げたと私はみているわ。一味は、吉原乗っ取りという大仕事を前に小太郎なんかのせいで吉原会所に動かれるのを嫌ったのよ。新助はこの家のことを探し当てて、一味の用心棒らをここまで案内するのが務めだった。最前話した通りに一味はおこそさん、小太郎、それに小太郎を裏切った新助の口まで封じたのよ。

いいこと、吉原乗っ取りを企んでいる面々は、おまえさん方が考えている以上に悪辣非道の連中よ。五一さんも長介さんも決して安穏としていられないわよ、あいつらは新助の口から仲間のおまえさん方がいることを承知しているはずよ。となれば、いずれおまえさん方は、あいつらの手で始末されるわ。新助兄いのようにあっさりとね」

「じょ、冗談じゃねえ。おりゃ、死にたくねえ」

と澄乃がふたりに経緯を説明し終えた途端に五一が喚いた。

なんとなく漠(ばく)としてだが、このふたりのうち、どちらかが澄乃たちの知らないことを承知しているような気がしていた。そしてふたりの態度を見ていると、五一はなにも知らないように思えた。

「ど、どうすればいい」

五一が恐怖の顔で澄乃に尋ねた。

「おれたち、吉原会所に匿(かくま)ってくれねえか」

「五一さん、それは無理ね。たしかに今の吉原会所は人手が足りない。だけど、小太郎や新助の仲間だったおまえさん方を会所に匿うなんてできっこないわ」

「じゃあ、どうすればいい」

五一が脅えた顔で尋ねた。

澄乃は最前から黙ったままの長介を見た。

「長介さん、おまえさんはなんとなく承知のことがありそうね。そのことを話してくれるのがおまえさんたちの助かるただひとつの道のはずよ」

と澄乃が言い切った。

「長介、なにか承知か」

五一が仲間に質した。

「う、うん」

と長介が未だどうしたものかと迷ったような口調で応じた。

「おい、おれたちが生きるか死ぬかの瀬戸際だぞ。おりゃ、死にたくねえ」

「おれだって死にたくねえが、会所もだれもおれたちを助けてくれないぞ」

と長介が漏らした。

「自分たちふたりで生き方を探すんだな」

身代わりの左吉が言い放った。

「吉原会所の人手が足りねえと澄乃さんは言ったが、背後には町奉行所も控えている。そんな会所が手を焼く相手だぜ、おめえらが吉原界隈をふらふらと歩き回ってみな、一日か二日後には小太郎や新助の二の舞いだ」

「江戸を離れよというのか」

五一が左吉に訊いた。

「それしかあるめえ」

と長介が応じたが、

「おれたち、まともな路銀すら持ってねえんだぜ」

と五一が懐具合を漏らした。

「寺町の家からおあきさんを勾引す手付けはいくらだったの」

「新助とおれたちふたりは、ひとり頭二朱、小太郎からもらった。人質を渡した暁には一分ずつの礼金が出ることになっていたんだ」

と五一が言った。

「たった一分二朱がおめえらの稼ぎか」

身代わりの左吉が呆れ顔でふたりを見た。

「違わい、二朱しか手にしてねえよ。この姉さんの妙な鞭でしばかれてよ、痛い思いをしただけだ」

「そんな懐具合じゃ、しばらく江戸を離れることもできねえな。となると、やつらに見つかって小太郎と新助の」

「二の舞いか、やめてくんな」

五一が言った。

「長介、おれたちにまだ話してねえ胸のうちを喋ってみねえな。話次第では路銀をくれてやろうじゃないか」

と身代わりの左吉が、最前からの回りくどい話を打ち切るように言った。

「長介、おめえ、そんな話を知っているのか。ならば話せよ、おれたち、どうにも足掻(あが)きがつかないんだぜ」

「足掻きがつかないのはおれもおめえもいっしょだ。だが、この話を承知なのはおれひとりだ」

「なんだよ、おめえひとり路銀を頂戴しようってか。仲間のおれをのけものにしようってか」

とふたりが言い合った。

「おいおい、見苦しいぜ、この期に及んでの仲間割れはよ。話を聞いて面白いならば、ふたりにそれなりの路銀を渡そうじゃないか」

「それなりの路銀っていくらだ。でえいち、おめえさんさ、吉原会所の奉公人の分際でよ、それなりの金子を持っているんだろうな」

長介が身代わりの左吉を吉原会所の奉公人と勘違いして質した。

「話が先だと言いたいが、最前から一向に話が進んでねえな」

と言った左吉が懐から包金をひとつ出してふたりの前に置いた。過日、四郎兵衛から左吉が預かった探索費だ。

「ほんものだぜ。話次第でおれの懐に入るかもしれねえや」

ごくり、と五一が唾を呑み込む音がした。

「どうするよ、ほんものだぜ、長介」

長介は両目を瞑って考え込んだ。

「おれたちよ、江戸で殺されるのを手をこまぬいて待っているのかよ。それとも旅に出て生き永らえるか、どっちにするよ」

「よし、決めた」

と長介が両目を見開いた。

「今からふた月ほど前のことだ。おれが野暮用でな、不忍池の西側に行ったと思いねえ」

と長介が言い出し、

「野暮用で不忍池だって、おめえが不忍池の西を流れる大下水のどぶ浚いに行った話じゃねえのか」

「ちぇっ、話の腰を折るねえ。どぶ浚いだって野暮用じゃねえか」

「大野暮だな」

と言い合うふたりに、左吉が包金に手をかけて懐に仕舞おうとした。

「ま、待った。五一が口出しするから、話がわやになるじゃねえか。しばらく黙ってろ」

と言った長介が、

「あの界隈は水茶屋なんぞがあって、逢引きなんぞをしているよな。そのうちの一軒、すずかけ亭って水茶屋に小太郎が入っていったんだよ。おりゃ、また色事師め、女をたらし込んでやがるなと思ったね。どぶ浚いをしながら小太郎が出てくるのを待ったんだ。女が他人の女房ならば、女から小銭を引き出せると思ったんだよ」

「しょぼい話じゃねえか」

と五一が呟き、左吉に睨まれて口を閉ざした。

「半刻あまりあとのことよ、小太郎が旦那風の男といっしょに出てきたんだよ。なんだよ、水茶屋で男といっしょじゃ、色事の話はなしだと思ったね」

長介の話にまた五一が口を挟もうとして不意に左吉の険しい眼差しに気づき、

黙り込んだ。

「おりゃ、どぶ浚いの仕事も終わっていたしな、小太郎が旦那風の男とどこへ行くか、あとをつけることにしたんだ。そしたらさ、なんと神田明神下の武家屋敷にふたりして入っていきやがった。ふたりはよ、暗くなった時分に通用口から出てきたんだ。そこでさ、小太郎と旦那風の男は左右に別れやがった」

なんだよ、という顔を五一がした。

「長介、武家屋敷の主がだれか調べたろうな」

「あたぼうよ。ただ今は無役だそうだが、なんでも勘定奉行に決まっているとか、近所の門番なんぞの噂話よ。それにな、この鳥野辺伊豆守恒安って旗本は、佐渡奉行を何年も務めたんだとよ」

長介の話に澄乃も左吉も、

(作り話ではない)

と感じた。だが、五一は、

「佐渡奉行ってなんだ」

と呟いた。

「話は終わってねえや。おりゃ、旦那風の男のあとをつけたんだよ、明神下で辻駕籠を拾った男は、えらく脅えた顔をしていてな、ともかく駕籠だからさ、従っていくのは楽だ。下谷広小路に出たからさ、ありゃ、また水茶屋に戻るのかと思ったね。ところがさ、駕籠を乗りつけた先だが、どこだと思うよ」

と話し疲れたのか、長介がだれとはなしに尋ねた。

「長介、おめえの知り合いでもねえようだし、こんな話で分かるわけねえだろ」

と五一が言った。

「澄乃さんと言ったかえ、どうだ、当ててみな」

「思いつきですが、吉原の大門前に駕籠を乗り捨てたんではありませんか」

「さすがに吉原会所の女裏同心だな。で、その先は」

「角町の老舗妓楼、俵屋萬右衛門様方ではございませんか」

うんうんと長介が頷いた。

「話はそれだけかえ」

「これじゃ金にならないというのか」

「この話、小太郎に話したか」

「いや、なんとなくさ、小太郎の裏仕事のようでね、小太郎にも新助兄いにもこの五一にも言ってねえ」

「言わずにいてよかったな」

「言っていたらどうなった」

「少なくとも長介、おめえは殺されていたよ。小太郎や新助と同じようにな」

左吉の言葉に長介の顔が引きつった。

そんな顔を見ながら左吉が包金の封を剝（は）がし、七両を長介に、五両を五一の前にそれぞれ置いた。

「いいか、最前からの話は冗談じゃねえ、直ぐにも江戸を出ねえ。一年ほど草鞋（わらじ）を履いたらな、江戸に戻ってきても安心のはずだ。分かったな」

身代わりの左吉の言葉にふたりが頷き、

「長屋なんぞに戻るんじゃねえぞ」

という左吉の言葉を聞きながらふたりが早々におこその家の中二階からはしご段を下りて消えた。


次の朝、澄乃から報告を聞いた四郎兵衛は、

「やはり鳥野辺恒安様が一枚嚙んでおりましたか」

「七代目はすでにご存じでしたか」

「ある筋からですがな、これではっきりしました。左吉さんと澄乃の探索は一歩前進です。じゃが、元佐渡奉行の背後におるお方をどう動かすか」

と腕組みして考え込んだ。

第四章　焼け跡の快楽

一

この未明、吉原幹次郎こと神守幹次郎は函谷鉾の燃え残った地下蔵をさまよっていた。

三つの地下蔵のうち、ふたつがツガルを楽しむ阿芙蓉窟に改装され、多くの客が入っていた。ツガルに耽溺(たんでき)する客は幹次郎や丹後屋忠助こと入江忠助の魂胆など気にもしていなかった。

ツガルを吸飲する座敷に入った丹後屋忠助は、女にいきなり酒を願った。

「お酒どすか」

阿芙蓉窟に来て酒を頼む客も珍しかった。

「うちはな、あんたよりツガルと酒との相性がええんや、ええ酒を仰山持ってきてや、ひと晩ツガルをつまみに呑むさかい」

女を去らせると幹次郎が、

「厠に行きとうなった」

と丹後屋忠助の部屋から姿を消した。

阿芙蓉窟の中はなんとも表現のしようがないツガルのにおいが濃く漂っていたが、耽溺する客は大人しかった。

そのせいか、地下蔵には世話人の姿は見かけなかった。

この地下の阿芙蓉窟を営む連中は一階に控えていた。

夜半も過ぎて新たな客も来ないとみえて、酒を呑んでいる気配がした。

幹次郎は、京の洛中にツガルと称する阿芙蓉を吸飲させる場所があることに驚きを禁じえなかった。公儀のお膝元の江戸では考えられないことだ。

千年の都が天明の大火による焼失から復興を遂げるには、莫大な金子と歳月が要ることもたしかだろう。表稼業を営む商人たち、町衆の力だけでは都の復興は無理だった。

そんな中、禁裏と西国の雄藩が手を結び、ツガルと称する阿芙蓉を楽しむ阿芙蓉窟を、なんと山鉾蔵の地下で営んでいた。

天明の大火で焼失した京は、まず二条城や禁裏など公の建物や神社仏閣から再建が始まった。だが、表通りの大路から裏手に入ると、未だ手をつけられていない火事の痕跡が、まるで闇に包まれた異界のように存在していた。

幹次郎は、丹後屋忠助のいる地下蔵とつながったふたつ目の阿芙蓉窟を覗いて回った。こちらも大体六、七割の客が入り、ツガルを楽しんでいた。

三つ目の蔵は、阿芙蓉窟ではなかった。函谷鉾の本来の蔵であろう、火事の折りに燃え残った雑多なもの、京の長い歴史の一部が所蔵されていた。

このような阿芙蓉窟が祇園感神院の門前町である祇園に進出するとしたら、京は全く違った都になっていくだろう。京の町衆の一部は、闇の手を借り受けてでも町の再建を企てようとしていた。だがそれは、

「京の復興」

とは異なる、

「闇の京」

への変身となるだろう。むろん祇園社の祭礼もまた闇の手に支配されるのではないか。

（さてどうしたものか）

幹次郎は三つ目の地下蔵から丹後屋忠助のいる蔵の座敷に戻っていった。

座敷に戻ると、口に手拭いを突っ込まれ、手足を縛られた女の傍らに忠助がいて酒を呑んでいた。ツガルの吸飲道具もツガルも座敷から消えていた。

「どうやらうちらがツガル目当ての客でないことが知れてしもうたようや」

と丹後屋忠助が言った。

「それは最初から連中には分かっていたと思わぬか」

「どうしまひょ、吉原はん」

「今宵は阿芙蓉窟見物でござろう。早々に逃げ出す算段をしたほうがよかろうぞ。丹後屋の旦那どの、阿芙蓉窟の証しのツガルはどうしましたな」

「使ったように見せかけて、懐に隠してます」

「ならば早々に地下蔵から逃げ出しますか」

一階から大勢の者が動き回る足音がした。これまで静かだった阿芙蓉窟に異変が起きていた。むろんふたりが招いた騒ぎだろう。

「よし、こちらに。丹後屋の旦那どの」

座敷を出ると、石段から複数の足音が響いてきた。

「こっちへ」

と幹次郎は、最前密かに探った三ノ蔵に丹後屋忠助を連れ込んだ。

天明の大火に燃え残った、函谷鉾の「辻廻し」に使われてきた車輪や柱や異国製の絨毯など、何百年にわたっての遺物が収納されていた。ふたつの阿芙蓉窟と違い、真っ暗だった。

幹次郎は、

(京の都をもとへ戻すのだ、われらを助けてくれぬか)

と燃え残った祇園祭の諸々に願った。

この蔵から地上に上がるには、はしご段しかない。最前探った勘をたよりに幹次郎は丹後屋忠助を導いて、はしご段に辿り着いた。その手には縄があった。

ふたりははしご段を手探りで上り一階に出ると、はしご段を地下から一階へと引き上げた。

どこからともなく白い靄が漂ってきた。

蔵の扉は閉じられていたが、燃え残った漆喰壁伝いに屋根に出られると思った。

人声が聞こえてきた。

「逃げよったで」

「まだ地下におるやろ。蔵の段々には人が配してあるがな」

「あやつらの口を封じや」

と言い合う声を聞きながら、燃え残った三ノ蔵の中二階にふたりは這い上がった。風抜きの戸を開くと濃い靄が漂って辺りの景色を変えていた。

幹次郎は階下から持ってきた縄を風抜きの戸に結び、

「丹後屋どの、それがしが先に下りますぞ」

と縄を使って外へ下りた。

一ノ蔵と二ノ蔵の裏手には未だ四年前の火事の名残があった。

縄を伝って丹後屋忠助が下りてきて、懐から草履を出すと履いた。幹次郎は地下蔵を探って歩いていたときから足には草履を履いていた。

懐から手拭いを出したふたりは頬かむりをして顔を隠した。

「どっちに行きますかな」

「烏丸(からすま)通はこっちのはずだ」

丹後屋忠助から京都町奉行所目付同心の口調に戻った入江忠助が西と思える方角を指し、歩き出したとき、白い靄を通してふいに強盗(がんどう)提灯の灯りがふたりに向けられた。

「丹後屋はん、あんたら、なにもんや」

着流しの男が太い六尺棒を手に咎めた。

「こちらのツガルは、うちの性に合いまへん、帰らせてもらいまひょ」

と入江忠助がまた丹後屋の口調に戻し、言った。

「なに抜かすねん。こやつら、叩き殺してもかましまへん」

と六尺棒が背後にいる用心棒浪人に命じた。

「おおー」

とまず三人の用心棒がふたりとの間合を詰めてきた。

六尺棒を手にした着流しの男が用心棒らと場を替わろうとした。

その瞬間、強盗提灯の灯りが流れ、着流しの男が気を散らした。

幹次郎はその瞬間を見逃さず、男に向かって一気に間合を詰めると拳(こぶし)を相手の鳩尾(みぞおち)に突っ込んだ。

白い靄が幹次郎の動きを助けてくれた。

うっ
と呻(うめ)いた男が膝を落として崩れ落ちた。男の手から幹次郎の手に六尺棒が移っていた。

「おのれ、われらを舐めよったか」

用心棒浪人たちが刀を抜き放とうとしたが、その動きを制して六尺棒がひらめいた。

ゴツンゴツン
という音が次々に響いて、用心棒浪人たちが次々に倒れ込んだ。

先手を取った幹次郎の早業に、残った用心棒の仲間たちが竦んだ。

「逃げますえ、吉原はん」

と入江忠助が白い靄の奥へと走り出した。

目付同心は当然この界隈のことを下調べしていた。それだけに全く迷いがなく路地から路地を伝い、いつの間にか烏丸通に出ていた。

靄は消えていた。

(助かった、祇園祭を司る三祭神どの)

と幹次郎は無言で礼を述べた。

背後を見て追跡者がいないことを確かめた入江が歩を緩めた。

幹次郎は手にしていた六尺棒を烏丸通に捨てた。

「さすがは吉原会所の裏同心どのだ、助かった」

「今宵の用は果たされたか」

「懐に証しのツガルがあるでな。用を足したと言えるであろう」

と入江忠助が淡々とした口調で言った。

「なんぞ不満ですかな。懐のツガルを所司代なり町奉行なりに提出して、函谷鉾の阿芙蓉窟を一掃できるであろう」

「それが役所はどこもなんとも尻が重いからな。直ぐに説得できるとも思えぬ。金子が然るべきところに渡っているからだ」

「どういうことです」

「どんなに早くても町奉行所が動くまでには、二日三日はかかろうな。なにしろ祇園社の山鉾蔵の探索ゆえ、あちらこちらに許しを得ねばならぬ。よしんば許しが得られて町奉行所が動いたとしても、今晩われらが訪ねた函谷鉾の蔵は、阿芙蓉窟から四年前に焼け落ちたままの状態に戻されておるだろう」

幹次郎は呆れ顔で入江忠助を見た。

「江戸と違い、京の時はゆったりと流れておりますでな」

「われらの今宵の行いはなんの役にも立たぬか」

「いや、少なくとも函谷鉾の阿芙蓉窟は潰されるのだからな」

「ならば訪ねた甲斐はあった」

「函谷鉾の地下蔵に町奉行所が探索に入ったあと、ひと月ふた月したころに、焼け跡はまたツガルを商う阿芙蓉窟に戻ることであろう」

「その折り、入江どのはまた動かれるのか」

「動いたとしても阿芙蓉窟が再開されているのを確かめたところで、町奉行所が入ったとき、何もない蔵を見せられる。つまりイタチごっこが繰り返されることになるのよ」

「つまりはやはり今宵の探索はなんの役にも立ちませんでしたか」

「いや、禁裏と西国大名のお偉いさんに『われらは承知じゃぞ』と知らしめたことになろう。これが大事なのです」

「なんとまあ」

と幹次郎は呆れた。

夏の夜明けが近づいていた。

ふたりはいつしか鴨川の右岸に出ていた。

四条の浮橋が両人の左手に見えた。

「四条の浮橋には間違いなく仲間たちが待ち伏せしていることだろうな。飛び石を伝ってあちら側に渡るか」

入江は四条の浮橋と五条大橋の間の流れにある飛び石へと幹次郎を連れていった。

「この足で清水寺に参られるのかな」

「その心づもりでしたが、やめ申す。羽毛田老師と清水の舞台から先の大火で身罷られた人々の供養をこの体でなすのが、どうにも非礼のような気がします」

「神守さんらしくもありませんな。この世は善人ばかりで成り立っているわけでもあるまい、今晩出会うたような悪人ばらもおる。それが世間というものではないか」

「いかにもさようでした」

と幹次郎が答え、入江忠助が鴨川の流れに浮かぶ飛び石を渡り始めた。ふたりが飛び石の中ほどに来たとき、前後を待ち伏せする者に塞がれていた。

「なんやら夜は終わってまへんがな」

入江がまた京訛りに変えて呟いた。

幹次郎は夜明け前の薄闇を透かして、前後の待ち伏せの者を確かめた。

泰然とした動きから、最前函谷鉾の蔵で出会った連中とは比較にならぬほどの腕前の剣術家とみた。

「入江どの、それがしが行く手を塞ぐ者と立ち合おう」

と幹次郎より先に立つ入江と飛び石を替わった。前方の敵が背後の者より強豪と察したからだ。

「丹後屋の旦那どのはなんぞ得物をお持ちかな」

「そやな、銀煙管(ぎんギセル)しか防具は持ってへんがな」

と入江が答えた。

「それはなんとも頼りない」

幹次郎は三つ先の飛び石に立つ相手を見据えると、朝の微光で刀の柄が長いことを確かめた。

薩摩拵(ごしら)えの剣だ。

ということは薩摩剣法とみた。

「参る」

と声をかけた幹次郎が先手を取り、飛び石をひとつ飛んで間合を詰めた。

相手は飛び石の上で、長い柄の薩摩拵えの剣を抜くと身を沈めた。

幹次郎は助直を抜きながら、さらにひとつ飛び石を跨いで流れを越えた。

次の瞬間、

きえっ

と奇声を発した相手が飛び石の上で垂直に飛び上がった。薩摩剣法示現流の猛稽古を積んだ者だけがなせる跳躍だ。

幹次郎が飛び石に踏み込むのと、相手が豪剣を構えて幹次郎の頭上から落ちてくるのがほぼ同時だった。

雪崩（なだ）れ落ちてくる薩摩拵えの刃と幹次郎が頭上に振り上げた五畿内摂津津田近江守助直の刃が交差したかに見えた。だが、一瞬早く助直の切っ先が相手の足を斬り上げて、流れへと落としていた。

幹次郎は水に落ちた相手を確かめる暇もなく、背後を振り返った。

すると入江忠助が銀煙管で必死に相手の刃を防いでいた。

幹次郎は、入江が相手する剣客が薩摩剣法の遣い手ではないことを見て取った。

「入江どの、鴨川に身を投げなされ」

叫ぶと同時に入江が後ろ向きに流れに跳んで落ちた。

幹次郎は飛び石を踏み越えて、剣を構え直す対戦者を確かめた。

「おぬし、この仕事、金子で請け負ったか」

との幹次郎の声に相手の戦意が減じていた。

入江を逃がしたときの動きを見て、二番手の技量は一番手の薩摩者ほどではないと確信していた。

「命を懸けるほどの金子ではあるまい。われらが戦う謂れはない。さらにお手前よりそれがしの技量が明らかに上でござる。仲間のように斬られて鴨川に落水なさるか」

と幹次郎は助直を構え直した。

「相分かった。それがし、剣を引く」

「京から早々に立ち退(の)かれることだ。そなたの雇い主は非情の者ぞ」

幹次郎の言葉を聞いた相手がくるりと後ろを振り向くと、飛び石を跳んで鴨川の右岸へと戻っていった。

幹次郎は助直を手に流れを見た。すると入江忠助が鴨川の左岸に這い上がるのが朝の光に見えた。飛び石を伝って左岸に渡ると、入江忠助が、

「この丹後屋の旦那の形(なり)、貸衣装屋から借りたものじゃぞ。そなたの忠言を受けたせいで、貸衣装屋がなんと言うか」

「命が助かったのだ。貸衣装の洗濯代くらい安いものじゃ」

ふうっ
と吐息をした入江忠助が、
「祇園の湯屋に行かぬか。そなたの形も相当なものじゃぞ」
と誘った。

四半刻後、幹次郎と入江忠助は、一力茶屋の裏手にある湯屋の湯船に浸かっていた。

「えらい夜を過ごさせたな」

と入江が幹次郎に言った。

「かようなことがなければ一番風呂なんぞに入れまい。それより懐のツガル、鴨川に流したということはあるまいな」

「ツガルはしっかりと手で押さえてな、岸辺に泳ぎ着いた。あれを失ったら、われらふたりなんのために徹宵し二度にわたって襲われたか、分からんではないか」

と入江忠助が言った。

湯屋の女衆が、

「お客はん、きれいな女子はんが着替えを届けてくれましたえ。どこで水浴びしはったん」

「丹後屋の旦那どのが、酔狂にも湯屋の前に鴨川で水浴びしてこられたのだ」

と幹次郎が答えると、

「あの女子はん、一力の女衆やな」

と質した。

「おお、それがしの義妹でな、朝から騒がせてしもうた。湯を上がったら詫びに行こう」

幹次郎が言った。

最前一力の勝手口を通りかかると、男衆が花見小路を箒で掃いていた。そこで一人前着替えを湯屋に届けてくれぬかと、麻に伝えてほしいと願って湯屋に来たのだ。

麻は早速届けてくれたようだ。

「助かった。湯に入ったはいいがまた濡れた衣服で役所に出るかと思うとな、なんとも情けない」

「入江どの、もののついでだ。一力の旦那に会うていくのは厄介かな」

「役所に行ったところでこの刻限ではわが上役は出てきておられぬわ。じゃが、一力の旦那は起きておられるかのう」

と案じたが、濡れた衣服を持って一力を訪ねると、次郎右衛門はすでに帳場で茶を喫していた。

湯上がりのふたりを迎えた次郎右衛門が、

「珍しい取り合わせどすな、ふたりして夜明かししはりましたんか」

と尋ねた。

京都町奉行所目付同心入江忠助が、御用に差し障りのない範囲で徹宵したふたりの行いを告げた。すると次郎右衛門の顔色が変わった。

「函谷鉾の蔵がツガルを喫させる阿芙蓉窟やなんて」

と言葉を失った。

二

一力茶屋の主にして祇園の旦那衆のひとり、次郎右衛門が無言を貫いて、なにごとか思い迷うように沈思していた。

「一力の旦那どの、いつの日かかような知らせが届くことを推量しておられたのではございませぬか」

神守幹次郎が静かな口調で質した。

次郎右衛門は落ち着いた眼差しで幹次郎を見た。

「どういうことでっしゃろ」

「函谷鉾の蔵のある地所が、去年の吉符入の前夜に殺された猪俣屋候左衛門様の所有地であったことを承知しておられましたかな」

この一件を、入江はこの場で幹次郎が口にするとは思ってもみなかったゆえ、困ったな、という苦い表情を見せた。

しばし間を置いた次郎右衛門が、

「いえ、まさか猪俣屋はんが祇園御霊会の山鉾、函谷鉾蔵の地所まで所持していたとは知りまへんどした。けどな、ただ今おふたりに話を聞かされて得心したこともおます」

ふたりが頷いた。

「祇園感神院の祭礼は千年に近い歴史があります。一番鉾の長刀鉾を筆頭に、いくつかの山鉾は同じ歳月を重ねて、年々歳々祭を催してきましたんや。中心になる山鉾の会所は、どこもが自分とこの地所どした。それがあの函谷鉾の蔵が猪俣屋の地所やなんて、祇園の旦那衆でも知りまへんやろ。うちもただ今聞かされるまで知らんかったことどす。魂消てます、肝を冷やしてますわ」

と次郎右衛門が言い切った。

「まさかまさかのことどす。天明の大火事がなかったら、こんなこと、うちもずっと知らへんかったんとちゃいますやろか」

と驚きの言葉を繰り返した次郎右衛門が入江忠助を見た。

「入江はん、この話、あんたはんの調べやな。どこでこの話に気づきはったか、話せまへんやろか」

「一力の旦那はん、神守どのがまさかこの場で口にするとはそれがしも驚きましたな。昨夜からの一件、それがし、未だ上役にも報告しておりませぬ。一力の旦那はん、問いへの返答は勘弁してくだされ」

入江の言葉に幹次郎が口を開きかけたとき、入江が幹次郎を制するように話を続けた。

「祇園の旦那七人衆のふたりまでが吉符入の前夜に殺された騒ぎ、未だ解決の目処が立っていませんな。われらの昨夜の行いが暴き出した函谷鉾の秘密は、猪俣屋の旦那の死と関わりがあるとそれがしは睨んでおります。そして、今年もまた吉符入が近づいています。おそらく神守どのは、三人目の旦那衆の死を阻止するためにこの場で口にされたのではありませんかな」

と入江忠助が幹次郎を見た。

「すまん、という詫びの言葉では済むまいな」

「いや、そなたを誘ったときから、それがしはこのことを期待していたのかもしれん。その上、それがしの用心棒を務めて命を二度までも守ってくれたのは神守幹次郎どの、そなたゆえ、責めることなどできぬ。またそなたの立場を考えれば致し方なき仕儀であろう。この場の三人の話し合いはなかったことにしてくれると有難い」

入江がふたりに願った。

「入江はん、それはもう。他の旦那衆にも伝えまへん」

「そうしてくだされ」

と入江が応じてようやく安堵の表情を見せた。

「入江どの、昨晩のわれらの行いが、相手方になんぞ変化を与えたであろうか」

「すでにそなたとは函谷鉾の阿芙蓉窟の帰り道に話し合うたことじゃが、あの阿芙蓉窟、今日じゅうにも姿を消して火事で燃えた蔵に戻ろうな」

「そして、探索が済んだ頃合い、またツガルを楽しむ阿芙蓉窟に戻ると言うたな」

「いかにもさよう考えた。だがな、ちとそれがしの考えが浅かったかと、最前から思い迷っておる」

「どういうことか」

「あの者たち、函谷鉾の地所に阿芙蓉窟をふたたび設えなおすより、今年の祇園御霊会の終わった頃合いにこの祇園のどこぞに新たな阿芙蓉窟を設けることを考えておるのではあるまいか。すでにその敷地は用意しておるやもしれん」

「それは許されしまへん」

一力の次郎右衛門が言い切り、

「この界隈に阿芙蓉窟など祇園社もお許しになるまい」

と幹次郎も言葉を添えた。

「だが、あの者たちの最後の狙いはこの祇園でなかったのか」

と入江が反論した。

「けど、だれもツガルを商う阿芙蓉窟など思うてもおりまへんがな。神守様、あんたはんは、祇園社の神輿蔵の番人どす。それだけはなんとしても、阻(はば)んでおくれやす」

次郎右衛門の言葉に頷いた幹次郎が、

「入江どの、すでに祇園社の門前町の一角にあの者たちはくさびを打ち込んでおるという確信がござるか」

と念を押し、

「いや、それがしの思いつきじゃ」

と応じた入江忠助が、

「一力の旦那どの、それがし、役所に戻り、函谷鉾の阿芙蓉窟に手入れをするよう急(せ)かしてみる。じゃが、禁裏と西国大名の雄が手を組んだ行いじゃ、役所の動きより何倍も速く次の企てに移ろう、それだけは言える」

入江が一力の帳場座敷を辞去する気配を見せた。

「朝餉を食する間もおへんか」

「一力で朝餉を食するなど滅多にあることではあるまいが、次の機会に願おう」

入江がふたりに別れの挨拶をすると、麻が待ち受けていて入江になにごとか話しかけていた。朝餉の膳がすでに用意できているとでも伝えているのか。

入江の気配が消えて麻が帳場格子に姿を見せると、

「なんやらおふたりして大変な夜を過ごしはったんとちゃいますか」

と質した。

「麻、今朝がた、一力を入江忠助どのが訪ねたことは極秘にしてくれぬか。ゆえに次郎右衛門様とそれがしと入江どのが面談したというようなこともない」

幹次郎の言葉に麻が頷いた。

「義兄上、朝餉、どないしはります」

「それがしの主は一力の旦那どの」

「うちの言葉次第と言わはりますか」

次郎右衛門の言葉に頷く幹次郎に、

「気持ちを静める暇が要りますがな、神守様、付き合うとくれやす」

との次郎右衛門の返答に麻が、

「ふたつ、膳を用意します」

と立ち去りかけて、

「義兄上、今宵はどのような日か覚えてはりますか」

「うーむ、なんぞ御用があったか」

と己に問うたが、徹宵明けの頭に考えが浮かばなかった。

「三井のご隠居様との別離の宴がこちらでありますえ」

「おおー、なんとそれがし、朝と夕べに一力茶屋で食することになるとは、なんとも贅沢の極みじゃな」

「神守様、朝餉はうちの台所の拵えどす。夕暮れの宴は、仕出し屋はんからの料理どすわ。いっしょにならしまへん」

次郎右衛門が言い、麻が台所に下がった。

「神守様は最前うちを『それがしの主は一力の旦那』、と言うてくれはりましたがな、奉公人ふたりが三井のご隠居はんの客やなんて聞いたこともおへん」

次郎右衛門が首を捻り、

「神守様、最前の話やが、どない受け止めたらええんやろか」

と話柄を変えた。

「相手の企てが知れたのです。であるならば、悪い話ではございますまい。こちらも対応の仕方を考えることができます。それにこの話、そうそう容易く片づく話でもございますまい。焦って安易に動かぬことです」

「神守様は吉原の裏同心や、修羅場に慣れてはりますけどな、うちらは何百年と同じことを繰り返してきただけどす。たしかにツガルたらいう阿芙蓉が京に入り込んでいるという噂は聞きました。けどな、祇園御霊会の山鉾の蔵を阿芙蓉窟にしているなんて夢にも思いまへんがな」

次郎右衛門の話は、入江が告げた話の蒸し返しになりそうだった。それだけ次郎右衛門の驚きは大きかったというべきであろうと、幹次郎は思った。

「次郎右衛門様、猪俣屋の旦那とはどのような御仁でございましたか」

と幹次郎が話を変えた。

「旦那七人衆の中でも最古参のお人どす。たしか亡くなった候左衛門はんで十八代目やったと思います。土地の上がりだけで年に何千両もの実入りがあるそうな。うちら、旦那七人衆の中でもひとりだけどれほどの財産をお持ちか、商いの具合がよう見えへんところはありましたな。なにしろ土地やからな、この界隈ではお店の土地が借地か自分の土地かなんて、だれも考えしまへん。差し障りがおへんときは、代々続いていく。そないな商いや。

そうそう、猪俣屋の旦那はんは、口が堅いお方どした。集いでもひと言も口を開かれんこともしばしばどしたな。けど、猪俣屋の旦那はんがどう思うてはるか、察するのが集いのうまくまとまるコツやと、うちはいつも思うて心がけてました

「天明の大火の折り、猪俣屋の商いにはなにか影響があったのでしょうか」

「大火事のあと、候左衛門はんは珍しゅう苛立っとりましたな。それもこれもこんな話が出たさかいに思い出したことですがな」

「猪俣屋のただ今はどうなっておるのでございますか」

と幹次郎が問うたとき、麻の声が廊下からして、

「朝餉の膳を供して宜しゅおすか」

と願った。

「願いましょ」

と次郎右衛門が言い、麻が手際よく次郎右衛門と幹次郎の前に脚つきの膳を置いた。

「お茶はあとでお持ちします、それで宜しゅうおすか、旦那はん」

「結構どす」

麻が早々に帳場を去った。

膳の上の茄子の漬物に一瞬幹次郎の目が留まった。大好きな食べ物であった。が、次郎右衛門の言葉に、注意が話へと引き戻された。

「本来やったら、四条屋儀助はんとこも猪俣屋も、当代が新たにうちらの旦那七人衆の集いに加わるのが習わしどす。けど、なにしろ一年ごとに殺されはったやろ、どちらもうちらの集いに当代を送り込んできまへんのや。それに猪俣屋の若旦那は、十八代目の遅くにできた子でな、ただ今が十九やったかいな。若いさかい、代々の大番頭の宮蔵（きゅうぞう）はんから商いを見習ってはる最中どすわ」

と箸を使いながら次郎右衛門が言葉を止めた。

幹次郎は黙って次の言葉を待った。

「十八代目の嫡男（ちゃくなん）の郁之助（いくのすけ）はんと大番頭の宮蔵はんが、反りが合わんと聞いたことがあります」

「反りが合わんわけがなんぞございますか」

「天明の大火は猪俣屋にかなりの損害を与えたんとちゃいますやろか、郁之助はんは宮蔵はんがへたを打ったと考えとる気がします、これはうちの推量で証しがあるわけやおへん」

と次郎右衛門が言い訳した。

入江忠助は阿芙蓉窟へ向かう道中、二番手に殺された猪俣屋の死にこそ隠された意図があると話していた。となると祇園の旦那七人衆で最初に暗殺された四条屋儀助は、目当ての猪俣屋候左衛門の死を塗り隠すために殺されたということであろうか。しばし次郎右衛門の言葉を思案した幹次郎は問うた。

「猪俣屋の内情を知るにはどなたに会えばようござろうか」

「郁之助はんは十八代目の命で大坂に長いこと修業に行かされてましたがな、天明の大火の直後に京に戻ってきたんどす。身罷った十八代目が、『あれは遊び人や』とうちにあるとき、ぽつんと吐き捨てたことがあります。郁之助はんは、猪俣屋の内情をよう知らされてへんのとちゃいますやろか」

「となると、猪俣屋の内情をとくと承知なのは大番頭の宮蔵さんですか」

「十七代目からの猪俣屋の奉公人どす、十八代目も信頼していたと思います」

「それがしのような者が宮蔵さんに会うて話を聞くことができましょうか」

と幹次郎は一歩踏み込んで質した。

「そやな、容易うおへん」

「難しゅうございますか」

幹次郎の念押しに、

「待ちなはれ、宮蔵はんは茶人や、清水はんの茶会にひと月一度は出ますな。神守様、今日明日にも羽毛田老師に願うてみてはいかがどす」

と次郎右衛門が知恵を授けてくれた。

しばし沈思した幹次郎は、

「そう致します。その上で、もしそれがしが猪俣屋の宮蔵さんに会うことになった折りは、次郎右衛門様に改めて相談致します」

と応じた。

ふたりは朝餉を無言で食しながらお互い思案した。

「吉符入までひと月とちょっととなりましたな。神守様、どない思われます」

と次郎右衛門が尋ねた。

当然次郎右衛門は、三人目の犠牲者が出るかどうかを質しているのだ。

「入江どのは四条屋と猪俣屋を暗殺した人物がいなくなった以上、今年の吉符入の前夜に三人目などあるまいと考えておられます」

幹次郎は自分の言葉ではなく入江忠助の考えに託して告げた。

「なら、案ずることはおへんやろか」

「いえ、安心はできませぬ。次郎右衛門様、吉符入の前夜は決してだれの誘いも受けることなく一力に留まってくだされ。用心のためでござる」

しばし考えた次郎右衛門が応じた。

「そないしまひょ」

朝餉が済んで麻が茶を供してくれた。

「義兄上、今宵の召し物はこちらに用意してあります。身ひとつでおいでなさいませ」

と麻が言った。

「本日の形はな、入江忠助どのの注文でな、無頼の用心棒の形じゃでな。それがしもこの姿で夕暮れに戻ってくる心算はない」

「おや、祇園社の神輿蔵に、一力の客人にふさわしい衣服がありましたか」

「江戸から旅してきた折りの羽織袴じゃが」

「あのお姿で義兄上は一力の座敷においでになるおつもりどしたか」

うーむ、と唸った幹次郎に、

「身ひとつと申しましたえ」

と言い残して麻が姿を消した。

神守幹次郎が祇園社の神輿蔵に戻ったとき、五つ半（午前九時）の刻限だった。

すると神輿蔵に大勢の男たちがいて、三基の神輿をあれこれと調べていた。

「神守様、朝帰りどすか」

と声をかけてきたのは輿丁頭の吉之助だった。

「お頭、この形です。艶っぽい行き先ではございませんでな、朝餉は一力で馳走になりました」

「ほうほう、一力はんで朝餉を馳走になりましたな。まずそないな招きがあったことはうちらにはおへんな。火事場やら神輿の手入れやら、そんなことばかりや」

「お頭、京のお方のためになる務めにござる。それがし、神輿の番人と自称しながら、大事なときに留守をして申し訳ござらぬ。なんぞそれがしができる手伝いがござろうか」

と願ってみた。

「神守様、あんたはんの噂はこの界隈であれこれと聞かされましたがな、餅は餅屋に任しいな。ただ今の神守様は少しばかり体を休める要があります。年寄りの言うことを聞いてな、部屋に戻って早々に寝なはれ」

と輿丁頭の吉之助が言った。

「そうさせていただこう」

若い衆たちが祇園感神院の中御座を改める場から二階に上がろうとしたとき、

「おお、そやそや忘れとりましたがな。産寧坂の茶店の孫娘のおやすが最前来てな、神守様のことを案じてましたわ。あんたはん、清水はんの舞台で羽毛田老師といっしょに毎朝、合掌してはるそうやないどすか。江戸のお方が京の大火事で身罷ったお人を供養するなんて、できんこっちゃ。それにしても京に来て大した月日も経たんと、清水の老師はんから産寧坂のお婆まで、よう知ってはりますな。どないな手妻を使うたら知り合いになれるんやろな」

と吉之助が首を傾げた。

ふたりだけの問答だ。

「それがし、不器用でござるゆえ手妻などは使えぬ。清水の老師ともこの祇園社の彦田執行ともご縁でな、さようなわけで産寧坂のお婆様ともご縁があったというわけじゃ」

と言い訳めいた返事をした。

「今朝は音羽の滝に水汲みの手伝いに行くことができまへんどしたか、どなたかとのご縁でな」

「はい、えらく武骨な御仁との縁でひと晩過ごしました」

と幹次郎が応じた。

しばし間を置いた輿丁頭の吉之助が言い出した。

「うちの家は、四条と五条の間、鴨川の東側で、飛び石の見える場所にあるんどす。朝な、飛び石でえらいもんを見てもうた。どなたかはんの武骨な連れは、うちの承知の御仁や。町奉行所の目付同心はんやが、町衆の旦那はんに化けてはったわ。刀も持たんと自慢の銀煙管で立ち回りしてはったが、飛び石であれはないわな。どなたはんかがいてなければ死んではったで。一力の旦那はんが頼りにするはずどす、えらい強い侍はんやったな」

と凝視された幹次郎は、吉之助に無言で会釈すると、

「それがし、しばし仮眠します」

と言い残して二階へ上がっていった。

三

江戸吉原。

澄乃は迷っていた。

身代わりの左吉は吉原を襲う一味の探索を続けていたが、澄乃と会う回数が増えても、左吉は決して己の胸のうちや暮らしぶりを明かすことがないことに気づいた。

澄乃が、左吉に今どのような探索をしているか尋ねると、

「あやつらは吉原会所が油断するのを待ってやがる」

とだけ答えるに留まった。

それは澄乃とて分かる話だった。

十間川の柳島村、龍眼寺の裏手の家でおこそと小太郎が襲われ、三人が始末された騒ぎから、ぴたりと動きが止まっていた。

そんな折り、澄乃が馬喰町の路地裏の虎次の煮売り酒場を訪ねても左吉の姿がないことが多かった。

煮売り酒場の手伝いをしながら左吉を待つ澄乃に、

「左吉さんがこれだけ姿を見せないってのは、小伝馬町の牢にしゃがむ身代わりの本業に精を出しているかね」

と親方の虎次が言い、料理人の竹松も、

「そのうちふらりと姿を見せますよ」

と澄乃を慰めた。

煮売り酒場で虎次の「姪」としての手伝いに慣れたころ、澄乃は虎次親方に、

「左吉さんの住まいはどこですか」

と尋ねたことがあった。

「左吉さんがどこに隠れ家を持っているかだって。そいつはだれも知らないよ。いや、ひとりだけ承知の御仁がいるが、こちらも姿を消しておられる」

「神守様は左吉さんの住まいを承知でしたか」

「ああ、わっしは神守様が左吉さんの隠れ家を突き止めたか、あるいは左吉さんが神守様に教えたかと思っているがね」

虎次が言った。

「私なんかに左吉さんは住まいを教えてくれませんか」

「長年の付き合いのわっしらすら知らねえことだ。いやさ、うちのような酒場に来る連中はこの場の付き合いだけでな、いくら酒を酌み交わす回数が増えようと自分の住まいの裏長屋は教えないもんだぜ」

「左吉さんも裏店(うらだな)住まいでしたか」

「左吉さんはうちに馴染の馬喰や駕籠舁きや職人とは違うよ。どこぞに一軒隠れ

家を構えているね」

と答えた。左吉が自分の住まいを教えざるをえなかったのは、それだけ重大な騒ぎに巻き込まれた折りに神守幹次郎が助けたことがきっかけだったのではないかと、虎次は推量していた。

「澄乃さんよ、左吉さんと神守様の間柄は特別だ。おまえさんが今そのことで左吉さんを突く(つつ)と、却って(かえって)藪蛇(やぶへび)になるな。わっしらにだって、左吉さんは本心を明かしたことはないよ」

長い付き合いの虎次親方の言葉を澄乃は得心しつつも、左吉が胸のうちを明かさないことに苛立っていた。

いっしょに仕事をしている仲ではないか、神守様とまではいかずとも、ほんの少しくらい本心を明かしてくれれば、どれほど気持ちが楽になるだろうと澄乃は思った。虎次親方の姪の役を務めながら、左吉が姿を現わすのをただひたすら待った。

汀女を通じて四郎兵衛には、このことを伝えていた。

四郎兵衛から返ってきた伝言は、

「左吉さんの生き方や考えを知ることが、嶋村澄乃の務めではありますまい。左吉さんがなにかを摑んだ折りには、真っ先におまえさんに話しますよ」

　というものだった。

　それから一日が過ぎたとき、澄乃が煮売り酒場の勝手口から姿を見せると、左吉が虎次親方の帳場の三畳間で酒を呑んでいた。真っ昼間だ。

　澄乃は、左吉の暗く沈んだ顔に驚かされた。

「左吉さん、牢に入っておられましたか」

「いや、そうじゃねえ」

　と言った左吉が手にしていた杯の酒を呑み干し、

「一杯だけ付き合いねえな」

　と差し出した。

「は、はい、頂戴します」

　と澄乃が応じざるをえないほど、左吉の表情はこれまでと違った。疲れ切り、なにか思い悩んでいた。

　澄乃が幾たびかに分けてゆっくりと酒を喉に落とし、杯を左吉に返すと燗徳利の酒を注いだ。酒を受けた左吉が、

「すまねえ、おまえさんを苛立たせているようだな。だが、吉原の一件は動きが

ねえ。ただ今は、じいっと我慢の時だ。相手が動き出すのを待つしかねえ」

と言い訳した。

ということは、左吉がこのところ煮売り酒場にも顔を出さなかったのは、身代わり業か別件のなにかに関わっているということだ。

この日も半刻ほど虎次親方の三畳間で酒を独り呑むと、澄乃が客に酒を運んでいる隙に姿をすっと消した。

「あら、左吉さんたらもう帰っちゃったの」

と澄乃が煮売り酒場に合わせた言葉遣いで竹松に尋ねると、

「左吉さん、どうしたかね。えらく悩んでいるようじゃないか」

小僧時代から左吉を承知の料理人竹松が澄乃に言った。

「長い付き合いの竹松さんも、左吉さんのあんな態度を見たことないの」

「ねえな、本業であれほど悩むことはねえと思うがね。左吉さんにこれまでも難儀が降りかからなかったわけじゃねえ。その折りは神守様が力を貸して、左吉さんの暮らしを取り戻したはずだ」

と竹松も親方と同じ見方を告げた。

「本業でもない、吉原の一件でもないとしたらなんだろう」

と澄乃は思わず漏らしていた。

「こうなると左吉さん自らが澄乃さんに話すのを待つしかねえな」

「左吉さんは、この次いつ来ると言い残していかなかったの」

「なにも。呑み代を十分過ぎるほど置いてよ、すっと消えなさった」

と竹松が言った。

(どうしたものか)

しばらく馬方相手に酒や食い物を出す仕事をしながら、澄乃は考え続けた。

あの表情は、親方や竹松が訝しく思う以上の厳しい出来事が左吉を見舞っているとしか思えなかった。吉原会所の四郎兵衛に話してみようかと考えたが四郎兵衛の忠言を思い出して、知らせるにはまだ早いと思い直した。

とすると相談する相手はひとりしかいない。

神守幹次郎が吉原会所から「放逐」されている間、幹次郎の務めの代わりをしている廓の外の者は、身代わりの左吉の他に南町奉行所定町廻り同心桑平市松しかいない。まず桑平に相談してみようかと思った。

客が少なくなった折りに桑平に会おうと決め、虎次親方に許しを得た。すると親方が、

「吉原に戻るかえ」

と尋ねてきた。

「いえ、その前に南町の定町廻り同心に会ってみようかと思います」

「桑平の旦那かね」

虎次親方は桑平を承知していた。

頷く澄乃に、

「浅草寺境内の随身門の左手に、なんとか弁財天って池があらあ、その池の端の茶店の女衆に桑平の旦那のことを訊いてみな、連絡をつけてくれると思うぜ」

と教えてくれた。

「有難うございます」

と礼を述べた澄乃は、前掛けを外して煮売り酒場をあとにした。


浅草寺の老女弁財天の茶店の女衆は、桑平市松は運がよければ四半刻もすれば姿を見せるはずだと言った。

桜の若葉が作り出す光と影を映す緋毛氈を敷いた縁台に座った澄乃は女衆に、

「桑平様と神守様はこちらでよく会っておられたのですね」

「あら、神守の旦那も承知なの」

「はい、私、吉原会所の神守様の下で御用を務めている者です」

「女裏同心がいるって聞いたけど、あなたなの」

「嶋村澄乃です、宜しくお付き合いください」

「神守様の仲間なら歓迎よ。だけど、神守様ったら、どこへ消えたの。桑平の旦那に訊いても『おれは知らん』の一点張りよ。神守幹次郎ってお人がいなくなって損するのは吉原でしょ、違うの」

「そう思います。吉原会所でも、神守様がどうしておられるか承知なのは七代目の頭取だけでしょう」

「桑平の旦那もうちに立ち寄る回数がさ、神守様がいなくなって急に減ったもの」

と言った女衆が、

「あら、また無駄話してしまったわね。直ぐにお茶を持ってくるわ。ああ、そうだ、うちの名物のいも羊羹を食べて」

と澄乃に言い残して店に入っていった。

お茶もいも羊羹もおいしかった。

つねに参詣人や在所からの見物客で賑わう浅草寺の境内の一角にこのような静かな場所があるなんて、澄乃はこれまで気づかなかった。

女衆が運がよければと言った四半刻もしたころ、桑平市松が独りでふらりと入ってきて、縁台に座る澄乃に目を留め、頷くと店の奥に入っていき、直ぐに出てきて座った。

「なにか吉原に異変が生じたか」

「吉原ではございません。相談するお方を思い悩んだ末に、桑平様にお会いしたく思いました」

「ほう、言うてみぬか」

「その前にひとつ、お尋ねしてようございますか」

「神守幹次郎どのの行方などそれがし、知らんぞ」

澄乃は黙って頷き、

「最前、こちらの女衆にも尋ねられました。私も知らぬとお答え致しました。神守様のことでございますが、神守様が姿を隠される前に、なんぞ格別に頼まれたことが桑平様にございましょうか」

「格別の頼まれごととはどのようなものかな」

「神守様が吉原不在の間、桑平様が吉原会所の陰の人として御用を代わりに務めてくれ、といった頼みです」

澄乃の脳裏にはこの正月の初詣(はつもう)での浅草寺で、幹次郎が桑平市松に、

「桑平どの、落ち着いた折りに相談がござる。一度わが家を訪ねてくれませぬか」

と願った言葉があった。

「嶋村澄乃、といううたな。十間川の一件でもそれがし、吉原会所に与して町奉行所同心の役目を超えての御用を務めた、ゆえにさようなことを考えたか」

「はい、あの一件の桑平様の行動は、並みの町奉行所の同心の域を超えておるように思えました」

「神守どのが不在の間、吉原会所の裏同心の代理をそれがしが務めておると、そなたは思うたか」

「そう言い切れる証しはなにもございません」

女衆が桑平に茶を運んできてふたりの険しい問答を察したか、直ぐに奥へと戻っていった。桑平が茶碗を手にし、

「それがし、神守幹次郎どのの代わりなど務められん。じゃが、神守どのには多

大な恩義がある。なによりかのお方に心服しておる。ゆえに吉原会所を陰から支える程度のことは務めたいと思うたゆえ十間川の呼び出しに応じた」

「さような間柄のお方が桑平様の他におられましょうか」

桑平は沈黙し、ゆっくりと茶を喫した。

「身代わりの左吉のことを言うておるか」

「はい」

「それがしと立場は違うが、左吉も同じような思いを胸に秘めていよう」

「桑平市松様、左吉さんの他に神守様が信頼するお仲間が江戸におられましょうか。吉原会所や身内は別にしてでございます」

桑平はしばし瞑目した。そして、直ぐに両目を見開いた。

「われらふたりの他におるかどうか、それがしは思いつかぬな」

桑平の返答に澄乃は大きく頷き、

「失礼な問いにお答えくださり、お詫びの言葉もございません。有難うございました」

と言った澄乃は、

「その左吉さんのことでございます」

った。

と前置きして、最前左吉に会った折りの、思い悩んで疲れ切っている様子を語

「ほう、身代わりの左吉ほどの男がさように疲労困憊（ひろうこんぱい）して悩んでおるというか」

と呟いた桑平がなにごとか思案した。

「澄乃、柳島村のおこそと小太郎ら三人が始末されたあの現場を、最初に見つけたのはそなたであったな」

「はい」

「ひとりであの家を探し当てたか」

「いえ、あそこを探し当てたのは身代わりの左吉さんでした、牢仲間の色事師（ごとし）についで詳しい男から、聞き出したそうです。あの家を訪ねたとき、私も左吉さんといっしょでした。その後、桑平様のお出ましを願ったあと、左吉さんは姿を消されました」

桑平が得心するように頷き、

「その折り、左吉の様子に変わったことはなかったか」

「いえ、小太郎の死を見て、吉原に降りかかった難儀の探索がひとつ進んだのではないか、そんな安堵した様子でした。その翌日、夜明かしした際にもおかしな

様子はありませんでした」

「それから何日も経っておらぬな。その間に身代わりの左吉に異変があったと、そなたは感じたのだな」

「はい。左吉さんが懇意にして出入りしている馬喰町の煮売り酒場の主も、小僧時代から承知の料理人も尋常ではないと思っています」

「澄乃、左吉の異変は吉原会所に降りかかった一件に関わりあると思うか」

「いえ、なんの証しもございませんが、吉原の騒ぎとは違うような気が致します」

「よし、それがしが調べてみる。一日二日、時をくれと七代目に伝えてくれ」

と桑平が縁台から立ち上がり出ていった。

しばし間を置いて澄乃が茶菓代を置くと、吉原会所に足を向けた。


昼見世と夜見世の間、弛緩した気が流れる大門を潜った。

面番所の隠密廻り同心村崎が目ざとく澄乃の姿を目に留めたが、折りよく小者が村崎の名を呼んだ。その隙に会所に入った澄乃に、

「おい、澄乃さんよ、番太の新之助がおまえさんを捜していたぜ」

と金次が声をかけた。

「まず四郎兵衛様に挨拶していきたいのだけど、おいでになるかしら」

「ああ、孫の顔を見に行ってないようなら座敷におられよう」

と金次が言い、澄乃はその足で七代目の座敷を訪ねた。

四郎兵衛は文机に向かい、書状を認めていた。

「四郎兵衛様、ご多忙ならばのちほど参ります」

筆を手にしたまま振り向いた四郎兵衛が、

「いえ、あと数行にて終わります、しばし待ってくだされ」

と願い、澄乃は巻紙に最後の数行を認める四郎兵衛の背を見つめていた。

「さあ、終わりましたぞ。背を凝視しておったようだが、じい様の背になりましたかな」

澄乃に尋ねた。

「いえ、しっかりとした背と感じ入っておりました」

「世辞まで言うようになられたか。で、異変が生じましたかな」

「急ぎの用かどうか、判断つきませぬ。それでこの一件、桑平市松様に相談の上、お調べを願ってこちらに参りました」

「ほう、申しなされ」

澄乃はすでに桑平市松に告げた話を繰り返し、桑平の反応も付け加えて述べた。

「ほう、左吉さんがな。うちの一件ではないとそなたは推量されたか」

「桑平様もさようなご判断かと察しました」

「となると、本業でなにか起こったか」

と自問した四郎兵衛が、

「本業の身代わりで生じた厄介ごとならば、桑平様が明日にも調べてくださいましょうな。そなたに桑平様から連絡が参った折りには、知らせてください。同席できるならば、その浅草寺の茶店に参りますでな」

四郎兵衛の言葉を畏まって受けた澄乃は頭取の座敷を辞した。

続いて澄乃は、水道尻の火の番小屋に新之助を訪ねた。すると新之助は松葉杖の手入れをしていた。なんとも器用な新之助だった。

「松葉杖が壊れたの」

「壊れはしないがさ、細工を施したのさ。これで歩きよくなればそれに越したことはないがな」

と説明した新之助に問うた。

「なにか異変があったの」

「異変かな、ともかくよ、奥山の朋輩が昼見世に来たと思いねえ。そいつが言うにはさ、奥山に新たな見世物一座が加わったんだと。そやつら、居合抜きなんぞを見世物にする一座でな、なんでも吉原に恨みを持っているようなことをおれの朋輩に漏らしたそうだ。ただそれだけのことだがな」

「どんな些細なことでも調べたほうがいいわね。近々、その見世物小屋の見物に行ってみるわ」

「ならばさ、おれの朋輩の川三をまず訪ねてさ、新たな見世物小屋に案内してもらいねえな」

と新之助が言った。

四

夕暮れ、神守幹次郎はすっかり馴染になった祇園の床屋に立ち寄り、髭を剃ってもらい、髷を結い直してもらった。前夜、浪人者に扮するために髷をくちゃくちゃにしていたからだ。

「旦那はん、この前お頭（つむ）をいじらせてもらってから、そない時が経ってまへんえ」

「そうなのだが、こちらにもあれこれと都合があってな」

　と言い訳した幹次郎に、

「今宵は妙な都合はあらしまへんな」

「ない。いや、あると答えたほうがよいか。なにしろ一力に客として招かれておるのだからな、ゆうべとはえらい違いじゃ」

「なに、一力はんの客かいな。そりゃ気張ってお頭（つむ）を仕上げまひょ」

　と丁寧に髷を結い直してくれた。

　その足で一力に立ち寄ると、すでに麻が夏らしい白地の紬（つむぎ）と袴を用意して待ち受けていた。

「羽織は着んほうが幹どののらしゅうてええんとちゃいますやろか」

　と麻が着流し姿の幹次郎を確かめてみた。

「麻はその形かな」

「幹どのが案じられましてお待ちしてたんどす。このあと、着替えます」

「それはえらくすまぬことをした」

幹次郎は外の日差しを確かめ、

「麻、それがし、この足でたかせがわに、楽翁のご隠居を迎えに参ろうと思う」

「ええ考えどす。そうしとくれやす」

と麻も幹次郎の言葉に賛成した。

「白扇どす」

と前帯に新しい白扇を麻が差し込んでくれた。

「なにやら祇園社の神輿番とは思えぬな、どこぞの大名家の殿様にでもなったようじゃ」

「京に来てよう分かりましたえ。大名はんの、とくに西国大名はんのご家来衆は野暮な形どすわ。江戸におりましたときは、そないなこと感じたことおへん」

「それがしは吉原会所の陰の者を長年務めて参った。野暮に輪をかけた形で暮らして参ったからな、こうして京に来て野暮に磨きがかかったのではないか」

「ちゃいます。幹どのの形は姉上が気をつけて整えてはりました。吉原会所の折りも幹どのは際立っとりました。その上、京の日々が磨きをかけましたえ」

「麻、正直に言うてくれてよい。さような身内の言辞は聞き苦しくないか。なにしろこちらの出は西国大名小藩の下士じゃからな」

「姉上との放浪の旅が、却って幹どのに妙な色をつけんかったんとちゃいますやろか。なかなかの男ぶりどす」

との麻の言葉に送られて、一力の勝手口から四条通に出た。

ようやく夏の日が西山(にしやま)の端(は)にかかろうとしていた。

鴨川の川風を受けながら四条の浮橋を渡り、高瀬川沿いに一之船入(いちのふないり)へと向かった。

たかせがわに到着したとき、ちょうど駕籠がその前に停まったところだった。

駕籠舁きは幹次郎と麻が嵐山(あらしやま)行きをはじめ、幾たびか世話になったふたりだった。

「おや、旦那はん、今宵は涼やかな形どすな。京にすっかり馴染まれましたな」

と先棒(さきぼう)が愛想を言った。

「世辞でもよい、嬉しい言葉かな」

「本気やで」

と駕籠舁きが言うところに、三井越後屋の京店に修業に来て、こたび楽翁に従って江戸店に戻る秋造(ときぞう)が、

「おや、神守様、迎えにお出でどしたか、恐縮どす」

「今宵はご隠居様の送り迎えをさせてもらいます。なんとも名残おしゅうござるがな」

「神守様、江戸でお会いしまひょ」

と秋造が言い、幹次郎は頷くと問い返した。

「明日は何刻にこの宿をお発ちになりますか」

「旅の初日やさかい、無理せんと言うてはりました。六つ（午前六時）出立と聞かされてます」

「いかにも、長旅の初日に無理をなさることはございませんでな。こちらの駕籠で逢坂の関辺りまで行かれてはどうですか」

「ご隠居は最後の東下り、できることとやったら徒歩で江戸まで戻ってみたいそうどす」

「それはお元気」

と言うところに楽翁が姿を見せて、

「神守様、迎えに来られましたか」

「いえ、一力にいて邪魔をしてもならじと、散策がてら出て参りました」

楽翁が駕籠に乗り込み、秋造と幹次郎のふたりが従った。

「神守様、えらく多忙ではございませんか」

「いえ、京の仕来たりに少しでも慣れようと無暗に動き回っておるだけです」

楽翁が幹次郎の動きをどこまで承知か分からず、そう答えた。

「神守様の素早い動きに京のお方も戸惑っておられるでしょうな」

「差し出がましゅうございましょうか」

「そんなことはありませぬ。しかし、祇園の祭礼が楽しみですな。私も最後に祇園社の祭を見物して江戸に戻ろうかと考えましたがな、この歳ですから元気なうちに江戸へ戻ることにしました」

「ご隠居といっしょに祇園の祭礼を見物しとうございました」

「神守様、そりゃ、無理です。いえ、私のことではございません。神守様のことです、吉符入も迫っております、呑気に見物はできますまい」

と楽翁が言い切った。そして、

「京の最後の宵を乗物越しに楽しませていただきます」

と、それきり口を閉ざした。

この宵、一力の旦那の次郎右衛門と女将の水木が楽翁の座敷に挨拶に来たがすぐに辞去して、楽翁、幹次郎、麻の三人だけで京の旬の料理を堪能し、ゆっくりと酒を酌み交わしながら、京のことより留守をした江戸の話をして時を過ごした。

「神守様と麻様は、およそ十月後に江戸に戻って参られますな」

「その約定で京に参りました。とはいえ、吉原の者でも限られた御仁しかわれらが京にいることは知っておりませぬ」

幹次郎の言葉に頷いた楽翁が、

「吉原会所の七代目と三浦屋の主は当然承知でしょうな」

幹次郎が頷いた。

「ほんなら江戸に戻り、吉原に寄せてもらった折りに、おふたりの近況を話してもかまいませんな」

「ご隠居様、有難いことと存じます。のう、麻」

と最前から無言でふたりの問答を聞いていた麻に振った。

笑みの顔で頷く麻に、

「最後にな、麻様に願いごとがあります」

と楽翁が言い出した。

「なんでございましょう」

「まずは一力の主夫婦を呼んでもらえませんか」

と麻に願い、麻が座敷を離れた。

「神守様、あんたはんは珍しい御仁や。年寄りにも女衆にも好かれます。人柄ろか、得難い財産どす。吉原の七代目頭取、三浦屋の旦那はん、それに伊勢亀のご隠居はんに信頼されて、京に参らはってもこの一力の主夫婦、祇園感神院彦田執行、清水寺の羽毛田老師にも認められてはります。どなたかの口利きがあったわけではあらへんな」

楽翁が京言葉に変えた。

「はい。ご隠居様と湯で偶さかごいっしょさせてもらったような出会いから可愛がっていただいております」

「そのご縁、大事にしなはれ」

幹次郎が頷くところに、麻が次郎右衛門と水木夫婦を伴ってきた。

「京の最後の宵、存分に楽しませていただきましたえ、礼を申します」

「ご隠居はん、礼を申すのはうちらどす。よう最後の宵をうちで過ごしてくださいました。おおきに、有難うございました」

と次郎右衛門が応じて姿勢を正し、水木といっしょに頭を下げた。

「お顔を上げとくれやす。頼みごとがあります」

と楽翁が願い、なにごとかと次郎右衛門も水木も緊張の顔をした。

「いらんお節介や、このふたり、宜しゅう頼みます」

なんと三井の隠居が一力の主夫婦にそう願った。

「ご隠居はん、たしかに承りました」

と次郎右衛門が言い、水木が、

「このおふたり、江戸のお方とも思えまへん。うちは、汀女様にお会いしとうおす」

「女将はん、うちはな、江戸に戻ったら真っ先に汀女はんに会う心算や」

「羨ましゅうおす」

水木の返答にうんうん、と楽翁が頷いたが、幹次郎も麻も口を挟む余地はなかった。

「最後にな、麻様に無理を願いましょ」

「なんですやろ」

「この年寄り、あんたはんの琴の音を聴いてな、一力を去なさしてくれまへんか」

麻が驚きの顔でなにごとか言いかけたが、幹次郎が、

「それがしは、ご隠居になんのお返しもできぬ。こればかりは麻、そなたに願うしかない、頼む」

と願った。

麻が幹次郎を見て、

「畏まりました」

との潔い返答のあと、立ち上がった。


座敷に一力が所持する琴が持ち込まれ、その前に麻が座した。もはや麻はなんの言い訳もしなかった。

麻はしばし琴を前に瞑目して気持ちを集中させた。そして、両目を閉じたまま最初の音をつま弾いた。ゆったりとした調べが座敷に流れていった。徐々に音が高くなり複雑に絡み合って、調べがうねるように幹次郎の耳に届いた。

なんとも艶のある調べだった。

改めて麻が、吉原の頂を極めた花魁であったことを思い出していた。

調べがさらに速くなり音色が夏の香りを感じさせて聴く人を魅了していた。

ときに谷川の流れのようにも、さらには潮騒のようにも、女人が発する快楽の声のようにも聴こえた。そして、音が段々と低くなって清雅な調べを響かせて消えた。

四人の聴き手はなにも言葉を発しなかった。

調べの余韻を無言のうちに楽しんでいるのが幹次郎には感じられた。

琴の前で麻が一礼した。

ふっ

と息を漏らしたのは楽翁であった。

「私は昔、薄墨太夫というお方が琴を弾きはると聞いたことがあります。だれからやとは言いまへん。遊里の中でこの音を承知やったんは、もうおひとりいはるような気がします。もはや身罷られたお人や」

と訥々と呟いた楽翁が、

「加門麻様、年寄りの無理をよう聞いてくれました。京の最後の宵に華を添えてくれました。これで私は京に別れを告げることができます」

と言い足した。

麻は楽翁にただ会釈した。

翌日、神守幹次郎が産寧坂の茶店に顔を出したのは四つ半過ぎのことだった。

「神守はん、ここんとこ忙しかったんとちゃいますか」

おやすが幹次郎と顔を合わせると訊いた。

「一昨日は野暮用で夜明かし致した」

「おや、女子はんどすか」

「女子な、それが、町奉行所の同心どのじゃ」

「そりゃ野暮どすな。そんでゆうべはどないしはったん」

おやすの好奇心は尽きなかった。

「今朝がたは江戸にお戻りになるお方を逢坂の関まで見送って参った。ゆえに昨日、今朝と、音羽の滝にも清水の舞台にも行っておらぬ」

と幹次郎が答えると、

「麻はんはごいっしょとちゃいますのん」

「昨夕、われら、そのお方に別れの宴に招かれたのだ。場所はなんと一力じゃぞ。麻が見習い修業をなし、それがしも世話になる一力に客として参った。昨日の今日じゃ、麻も本日は見習い修業に戻らねばなるまいでな、それがし、独りでお送り致した」

と答えるところにお婆が姿を見せ、

「さようか、三井越後屋のご隠居はん、江戸に帰られはったか」

と幹次郎に言った。

「お婆の早耳はおそろしいほどやろ、神守はん」

おやすが苦笑いした。

「楽翁様をご存じでしたか」

「むかしむかしのこっちゃ。髪をいじったことがあります。江戸に戻られてえろうならはって、今はご隠居はんと呼ばれる身分や。楽翁はんが京に逗留してはると聞かされたんはだれからやろ」

と首を傾げたお婆が自問した。

「それがしも何十年後かに京に見物に来る気持ちになるのであろうか。この京には江戸とは違った気が流れておるでな。とは申せ、それがしが、京見物に来ることができる隠居になるとはとても思えぬ」

「それはちゃいますえ。ただ今の神守はんの働き次第でな、のちのち周りのお人が持ち上げてくれますがな」

「そう願うばかりじゃ」

幹次郎が答えると、

「その折りは、おかみはんの汀女はんやったかな、いっしょに来とくれやす」

とおやすが言った。

「うちも神守はんのおかみはんに会いたいわ。けど、うちの歳や、会えんやろな」

とお婆が寂しげな口調で言った。

「だれも死なん人はおらへん、順ぐりに死ぬがな。けど、お婆は、つぎに神守はんがおかみはん連れて京に来はるときも生きとるんとちゃうか」

「そやそや、うちのお婆はだれより長生きしよるわ」

とお幸が茶菓を載せたお盆を持ち、笑いながら言った。

お薄と草餅が幹次郎に供された。

「忘れとったわ」

と不意にお婆が声を上げた。

「神守はん、祇園の旦那七人衆と付き合いがあるそやな」

「一力の次郎右衛門様の口利きで承知しております。されどただ今は五人衆とか」

「それやがな。七人衆のふたりが欠けたんは神守はん、承知やな」

お婆の問いに幹次郎はただ首肯した。話がどこに行くか分からなかったからだ。

「うちのな、弟子のひとりが祇園社門前の大地主猪俣屋はんの出入りや、ゆみという名やがな、めずらしゅう昨日顔を見せて、猪俣屋はんのことをちらりと話していきましたんや。うちが髪結を辞める折りにおゆみに猪俣屋はんのところに出入りするよう手配したんどす。師匠と弟子やな、そやさかい、猪俣屋はんのことを漏らしていったんどす」

そう話したお婆が、

「お幸、おやす、神守はんとふたりだけにしとくれやす」

と娘と孫を場から遠(とお)退けた。

「神守はん、祇園の旦那はんが五人になった経緯は承知してはるか」

「承知しており申す」

「一昨日(おとつい)、夜明かししたんもこの話と関わりますか」

幹次郎は無言で頷くこともしなかった。

いくらお婆といえども、口にすることでこの茶店に難儀が降りかかることも考えられたからだ。するとお婆は話を進めた。

「猪俣屋はんは京の町衆の中でも一、二を争う土地持ちや。暮らしは地味やで、分限者はおよそ派手な暮らしはしいひん。けどな、うちみたいに、長いこと家の奥まで出入りさせてもろうてた髪結には分かります。どれだけの分限者か考えもつかんくらいの金持ちやということがな。おゆみもこの数年、猪俣屋はんに出入りさせてもろうとります。内情はすでに悟ってますやろ。それがな、神守はん、候左衛門はんが死んでから、急にな、暮らしぶりが変わったんやて。おゆみはな、それを案じてうちに相談に来たんどす」

「暮らしぶりが変わったとは、代々所持しておられた土地が他人の持ち物になっておったというようなことでござろうか」

「さようどす」

「当代はどうしておられるのでござろうか」

一力の次郎右衛門は、先代の候左衛門が遊び人と吐き捨てたのを聞いた、と言っていた。おそらく禁裏と西国の雄藩の連合には十九代目の郁之助では太刀打ちできまいと思った。

「先代の候左衛門とちゃいましてな、ひと言で言えば、ぼんぼんどすな」

しばし沈思した幹次郎が、

「最前の問いにお答えします。一昨夜、それがしが徹宵したのは函谷鉾の蔵でございました。数年前の大火で焼けたままですが、三棟の蔵の土地は猪俣屋の持ち物でござった。それがただ今ではだれとは申せませんが他人の手に渡っておった。その模様を確かめに参り、夜明かししたのです」

お婆が両目を大きく開けて幹次郎を見た。長いこと思い迷っていたお婆が、

「ほんなら、おゆみに会うてみなはれ。この婆の口利きならば、猪俣屋の身内に会う手伝いくらいするやろ」

とお婆が言った。

幹次郎がしばし沈思し、口を開いた。

「お婆どの、猪俣屋のお身内もおゆみさんも危ない目に遭わせとうございません。それがし、まず猪俣屋の大番頭宮蔵どのに会うてみようと思います」

「あんたはん、宮蔵はんを承知かいな」

とお婆は言葉に窮した顔をした。

「お婆どの、おゆみさんに、この一件すべて忘れてくだされと伝えてくれませぬか」

「そないな難儀が猪俣屋はんに降りかかってますんか」

しばし口を噤(つぐ)んでいたお婆は漏らし、幹次郎はただ頷いた。

第五章　目疾(めやみ)地蔵

一

　その足で、神守幹次郎は清水寺に向かった。羽毛田老師と丸二日会っていなかった。函谷鉾の蔵にて入江忠助と夜明かしし、今朝は三井越後屋の隠居楽翁を逢坂の関で見送ったゆえに、朝の勤行に加わっていなかった。

　もはや刻限は昼に近い。

　ひょっとしたら昼の供養の場、清水の舞台で会えるやもしれぬと、幹次郎は考えた。だが、いささか刻限が早いと思えた。

　そこでいつも老師が京の洛中に向かって読経する場近くに津田助直を腰から抜いて置き、結跏趺坐(けっかふざ)をして瞑目した。

どれほどの時が流れたか。

老師の読経の声が耳に入った。

幹次郎は坐を解き、老師の傍らに歩み寄ると読経の場で合掌した。

老師と侍が洛中に向かって読経する光景を、初めて参詣した人が奇異の眼差しで見ていたが、ふたりはただいつもの習わしに従い、供養を終えた。

老師が幹次郎を振り向くと、

「茶を差し上げましょう」

と誘った。

朝の勤行のあと、茶を喫する暇などいつもはお互いになかった。

「馳走になります」

素直に答えた幹次郎が老師に従った。

座敷にて向き合ったとき、老師が、

「ご多忙やったかいな」

と質した。

「今朝は、江戸にお帰りになる三井越後屋のご隠居を逢坂の関まで見送って参りました」

「さようか、楽翁はんは江戸に帰りはったか。京が寂しゅうなりますな」

「はい」

「一昨日の晩は函谷鉾の燃えた蔵で夜明かししたそうどすな」

「ご存じでしたか」

「さるお方がちらりと漏らしはりました」

幹次郎が頷くと、

「函谷鉾の焼け跡になにがありましたんや」

老師は、未だ再建の緒についてもいない函谷鉾を物好きにも見物に行ったか、という顔で尋ねた。さるお方は幹次郎がなんの目的で函谷鉾の蔵の焼け跡を訪ねたかまで知らなかったのか、あるいは知っていても老師には話さなかったようだ、と幹次郎は推量した。そこで、

「あの地所は一年前に亡くなられた猪俣屋の土地だそうでございますね」

とまず尋ねてみた。

「ほう、京の者でもあまり知らんこっちゃ。なんぞ猪俣屋の地所に、神守様の関心を引くものがありましたんかいな」

「あの場へ案内してくれたのは、京都町奉行所目付同心の入江忠助どのにござい

ました」

と前置きした幹次郎はあの夜見聞し、体験したことをすべて話した。

「なんとなんと、ツガルなんぞを楽しむ阿芙蓉窟をどなたはんかが営んでましたか。人というもんは、あれこれと考えますな」

と呆れた口調で感想を漏らした老師に、

「この清水寺では月に一度茶会が催されると聞き及びました」

と幹次郎が切り出した。

「いかにも茶会が催されます。神守様、茶会に関心がありますか」

「茶会の参加者のおひと方に話が聞ければと思いました」

「さようか、猪俣屋の大番頭の宮蔵はんに口利きを願うてますのか」

「無理な願いでございましょうか」

幹次郎が質した。しばし間を置いた老師が、

「宮蔵はんは、むろんあの地所が猪俣屋の持ちもんと承知や。けどただ今、阿芙蓉窟に使われているなどとは知らんのとちゃいますやろか」

「たしかに猪俣屋の身内や奉公人の方々の大半は、函谷鉾の地所が猪俣屋の持ち物と承知しておりますまい。ましてや阿芙蓉窟に使われておるなど」

「宮蔵はんが知らんのを承知で会いとうおすか」

頷いた幹次郎は、

「老師も申される通り、ツガルなる阿芙蓉を供する場になっていることは、宮蔵どのが承知しておるとは思えませぬ」

「愚僧(ぐそう)は茶会に出ることは滅多におへん。この次の茶会はたしか二日あとやと思います。その折り、口を利かせてもらいまひょ。そんでな、うちがそのあと、宮蔵はん独りをこちらに招きます。茶会仲間には知られんほうが宜し」

と老師が受けた。

「有難うございます」

「神守様、それにしても危ない橋を渡ってはりますな」

「それがしも京に来て、かような日々を過ごすとは思いもしませんでした。されどそれがしが京の花街から学ぶためには、避けて通れない道かと考えました」

「祇園の旦那衆はあんたはんに助けられていますがな。相見互(あいみたが)いと言いとうおすけど、得してるんは旦那衆や」

さてそれは、と答えた幹次郎は口を噤んだ。

「そろそろ祇園の祭の仕度が始まりますがな、今年の吉符入には妙な騒ぎはおへんやろな、今年は神守幹次郎ちゅう強い味方が旦那衆についてますさかいな」

「老師、それがし、京を知らぬゆえ己の力を超えた所業をなしておるのかと思います。それがしが旦那衆のお命を守り切れるかどうか正直自信はござらぬ」

「どなたはんか知らんが、四条屋と猪俣屋の旦那を殺めた者を始末したと聞きました。いくらなんでも、残りの旦那はん五人に手を出す者は今年はおらんやろ」

と老師が遠回しに神守幹次郎の仕事と指摘していた。

「宮蔵どのに会って猪俣屋に何が降りかかったのか話が聞ければ、少しは目処が立つやもしれませぬ」

「目処な、それは分かっとるがな。禁裏のさるお方と薩摩藩の京屋敷のお方が手を結んではるんやろ」

羽毛田老師があっさりと指摘した。

「とは申せ、祇園の旦那衆に仕掛けてきたのは、雇われ人かと思います」

「最前、京都町奉行所目付同心が行動をともにしてはると言いましたな。昨日、いえ、一昨日の晩の話は、すでに目付同心はんから京都町奉行所に伝わってるのやないか」

「入江どのは京都町奉行所の東にも西にも与せぬ役人と聞いております。入江どのが一昨日の晩の一件を最初に報告するのは所司代ではございませぬか。京都町奉行所目付同心というのは、京都所司代の密偵と知られぬための隠れ蓑かと思います」

「ほうほう、そうどしたか。公方様直属の京都所司代の密偵はんと神守様が手を組んだのは、祇園の旦那衆にとって心強いかぎりや」

「とは申せ、相手は禁裏と薩摩藩と考えると、われらふたりは、蟷螂の斧でございましょう。蟷螂は進むことしか知らず退くことを知らぬそうな」

「いえ、神守様は進むことしか知らん蟷螂やおへん、退くことを承知の蟷螂どす。いや、知恵と力を兼ね備えたお方どす。斉の荘公も言うてはる。蟷螂が人であったら、天下に勇武をとどろかしていたやろとな、あんたはんのこっちゃ」

「老師、買いかぶりでございます」

と幹次郎が苦笑いした。

「禁裏はな、徳川はんの御代になって長いこと待ってはる、天下がこの京に戻ることをや。けどな、自分の手を汚さんと他人頼みどす。そこへ薩摩藩が付け入ったんやろ。牛車は薩摩藩、牛車に乗ってはるんが禁裏のお方、うちがみるところ、付け入る隙は仰山おます。そやけど、京を支配する金子を稼ぐのんにツガルやて。

愚かなんとちゃいますか」

　と羽毛田老師が言い切った。


　神守幹次郎は、清水寺の老師と別れたあと、白川沿いの禁裏門外一刀流の観音寺継麿の道場を訪ねた。

　昨日の朝に別れた入江忠助と会えるのではないかと思ってのことだ。

　すでに昼下がり、道場は森閑としていた。見所にはいつものように道場主の観音寺だけが黙然と座していた。

「神守はんか、なんやら入江忠助同心に誘われて忙しいこっちゃな」

「なんぞお耳に入りましたか」

「京はな、江戸とちゃいます。小さい都や。直ぐに話が伝わるがな。入江はんが所司代やら奉行所やらを駆け回ってはるんは耳に入ってきましたわ」

「入江どのの報告でなんぞ動きがございましたか」

「そう容易うはおへん。所司代も町奉行所も上は江戸からのお方や。けど、実際に動かれる与力(よりき)、同心方は京の土地もんが多いんや、わいわいがやがや、ああでもないこうでもないと喚き合う間に、時だけが経ちますのや」

それは入江が幹次郎との別れ際に言い残していたことだ。

やはりわれらは牛車に立ち向かう蟷螂であったか、と幹次郎は入江の心中を慮(おもんぱか)った。

「神守はん、京ではな、短慮がいちばんいけまへん。こっちが動くより相手を動かすこっちゃ、そないしたらな、相手方がボロを出すがな」

幹次郎は観音寺の言葉の意を長いこと考えた。

「観音寺先生、われら、いささか性急であったやもしれません。しばらく相手方の様子をみます」

「それが宜し」

と観音寺が言い、幹次郎は入江から連絡があるまで待つことにして道場を辞去した。


夕方、嶋村澄乃は新之助の案内で奥山に、新之助のむかしの芸人仲間の川三を訪ねた。

「珍しいな、新之助が奥山に戻ってくるなんて。いや、初めてか」

「最初はな、澄乃さんひとりでおまえを訪ねさせようと思ったがよ、女ひとりより、足がこんなでも知り合い面(づら)して両人して見物に来たほうが、向こうも気を抜くだろうと思ったのさ」

「なに、新之助、おまえ、吉原に行って、こんな美形と所帯を持つ約束でもしたのか」

「川三、おれは知り合いと言うただけだぞ。女ひとりで武骨な見世物小屋に入るなんておかしかろうが。おりゃ、澄乃さんの連れを装っているんだよ。それに川三、吉原とか廓とかは忘れてくれ。おれたち、川向こうから奥山に遊びに来たふたり連れだ」

「ああ、そういうことか」

澄乃は新之助が、

「おれもいっしょに行こう」

と言い出したとき、驚いた。新之助がむかしの職場の軽業小屋を訪ねる気持ちを起こしたことに驚いたのだ。そのことを新之助に告げると、

「まあな、廓の火の番小屋の番太に身を入れてよ、むかしのことを忘れるために奥山を訪ねてみようと思ったのかね。それにさ、女ひとりで奥山の見世物小屋に入るのは目立つし、おかしいよな」

と言い訳した。

澄乃は新之助の気持ちを有難く受け止め、番方の仙右衛門に報告し奥山を訪ねる許しを得ることにした。

「ほう、新之助がな、奥山におめえを案内するってか。このご時世(じせい)だ、見世物小屋がよ、荒海屋と関わりがあるとしたら厄介だ。今のうちに正体を確かめておくのは悪い考えじゃねえや。なにしろ奥山は吉原の入り口みてえなところだからよ、柘榴の家にも近いし、ふたりして在所もんの江戸見物の面をして調べてみねえ。四郎兵衛様にはおれから言っておこう。形はさ、小梅村(こうめむら)辺りの野暮ったい娘のようにして行くんだぜ」

と知恵をつけてくれた。

吉原会所には変装用の衣装があれこれと保管されていた。むろん大半は男ものだが、女の衣装もあった。そんな中から野暮ったい木綿の縞模様を選んで澄乃は着た。

昼見世が終わったあと、新之助と別々に大門を出て浅草田圃で落ち合い、川三を訪ねたのだ。

「川三、その見世物小屋の客の入りはどうだ」

「節約だなんだって公儀がうるさいご時世だ。客の入りがいいわけねえよ、だがな、あいつら、妙なのは客の入りなんて気にしてねえことだ」

「やはり吉原のことを気にしているのか」

「それが近ごろは吉原のよの字も口にしねえよ。おれの勘違いだったかね。そんときゃ、許してくんな」

と川三が言った。

新之助と澄乃は川三と別れて、川向こうの在所者が奥山見物に来た体で、しばらくぶらぶらと食い物屋や芝居小屋などを見て回った。

「新之助さん、いいわね、むかしの仲間がいて」

「川三はさ、おれが見世物小屋に入ったと同じころ、見習い芸人になったんだ。だから、気が合うというのかね、おれの足がこんな風になったときもいちばん気にかけてくれたのが川三さ。先日もこの見世物小屋にかこつけておれの様子を見に来たんだと思うよ」

と説明した新之助も、吉原の番太の風体よりさらに野暮ったい形をしていた。なにより松葉杖が異彩を放っていた。

「澄乃さん、奥山は初めてか」

「奥山を通り抜けたことは幾たびかあるわ、見世物小屋に入ったことはないの」

「盆正月や藪入りの時節は、大勢の客で賑わうんだがな。なんだか、妙に寂しいな」

「新之助さんが奥山に勤めていたということを承知の人はいないの」

「見世物小屋もよ、流行らないとどんどん在所の祭なんぞを追っかけるドサ回りになるからな、おれの面を知っているのはそうはいないはずだ」

　と応じた新之助は松葉杖を器用に使って歩きながら、

「そろそろ、例の小屋に入ってみるか」

　木戸番を見て、

「知らねえ面だ」

　と言い、

「兄さん、面白いか」

「木戸番に面白いかって訊いて、面白くねえって答える馬鹿がどこにいるよ。かみさんが満足するかしねえか知らねえが、まあ、話のタネだ、入ってみねえ」

　という返事に新之助が懐から縞柄の使い込んだ巾着を出して、

「いくらだ」

「ひとり二十二文だ。ふたりだからよ、四十四文だな」

「四十にまけられねえか」

「おめえな、奥山に来て値切ろうってか」

「ダメか」

と新之助が奥山に慣れない客を装って、銭を一文一文数えながら払って小屋に入った。

小屋は土間のままで、客が男ばかり十人ほど入っていた。

舞台は少し高いところにあって、ひとりの剣術家風情の侍が長い刀を腰に差し、もうひとり、見世物小屋に長年勤めている体の男が、

「ささささ、お立ち会い、いいかえ、うちのは芸人じゃねえよ、柳生一刀流の剣術家だ。どこのなになにって大名家に勤めてよ、剣術の腕前を誇っていた者ばかりだ。このおれが手にした大根や人参なんぞを力いっぱい投げつけるのをよ、抜き打ちで見事切りさばいたらご喝采だ、ご一統」

と口上を述べて煽り立てると太鼓の響きが加わって、長い刀の侍が相方に頷いてみせた。すると相方が次々に大根や人参を投げ、刃渡り二尺八寸（約八十五センチ）はあろうかという刀をひと息に抜き放つと切り分けていった。

それなりの腕前だと澄乃はみた。だが、奥山の見世物慣れした客は、

「大根や人参切るんなら、裏長屋のかみさんだってできるぜ。なんか工夫はないのか」

と注文をつけた。

「今日の客はうるせえな。いいだろう、林崎夢想流（はやしざきむそうりゅう）の居合の達人武藤大五郎（むとうだいごろう）の旦那よ、なんぞ工夫しねえ、しけた木戸銭（きどせん）を払った客の注文だ」

と居合抜きの武藤大五郎に話しかけると、武藤が愛想もなく懐から手拭いを出して両目を隠した。

「手拭いがゆるゆるじゃねえか、しっかりと見えねえようにきつく縛りな」

別の客がさらに注文し、武藤は無言のまま手拭いをぎゅっと縛った。

「これでいいな、客人」

と言った相方が、最前切った大根や人参を舞台から拾い集めて三間（約五・五メートル）ほど離れ、

「行くぞ、武藤の旦那」

と言った。

太鼓と鉦（かね）の音に合わせて口上を述べる相方が、舞台で踊りながら次々に大根や

人参を武藤大五郎に向かって投げつけた。すると武藤は両目を塞がれたままで見事に切り分けていった。

今度はやんやの喝采が送られた。

一本歯の高下駄を履いての居合抜きやら、舞台で前転しながらの抜刀術など武藤を含めて六人の剣術家芸人がそれぞれの芸を披露した。異彩を放ったのは女芸人で、小太刀の二刀流の秘技は、澄乃を驚かすに十分だった。

新之助と澄乃は、ひと通りの芸が終わった気配に他の見物人といっしょに見世物小屋を出た。ふたりは奥山から浅草寺本堂に出て参拝し、江戸見物の体を装い続けた。

「どうだい、澄乃さんよ」

「川三さんが訝しんだのも無理はないわ。だれもそれなりの腕前よね。奥山の芸人さんに剣術家が、それも女剣術家がいるなんて驚いたわ」

「おれも初めてだな」

と応じた新之助が、

「ありゃ、商いで見世物小屋に立っているんじゃねえな。やっぱりなにか他に狙いがあるはずだ」

「吉原を狙って廓近くに拠点を置いたってわけ」

「そうかもしれないし、そうでないかもしれない」

「新之助さん、私たち、だれぞに尾(つ)けられていると思わない。振り向いたりしないで」

と澄乃が新之助に注意し、

「女連れを怪しまれたかね」

「このまま吉原に戻るのはまずいわね。吾妻橋(あづまばし)を渡って時を潰さない」

「こちらはふたりだけだぜ」

「相手もそんな数とみたわ」

「よし、引き回すか」

と松葉杖の新之助が肚(はら)を固めた。

二

吾妻橋を右岸から左岸に渡った新之助と澄乃は、河岸道(かしみち)をぶらりぶらりと上流に向かって歩いた。

　新之助は松葉杖をついているせいで足取りが重かった。だが、奥山の芸人だった新之助は松葉杖を使いこなし、並みの者の歩みは容易にできることを澄乃は承知していた。

　新之助はわざとゆっくりと、それもぎこちなく歩いているのだ。

「澄乃さんよ、奥山からかね」

「私たちを尾けている者たちのことよね、間違いないわ。私たちが小屋を出て、浅草寺の本堂にお参りしているときに気づいたの」

「何人か分からないか」

「ひとりではないことはたしかよ。ふたりか三人かな」

「舞台に上がっていた剣術家かね」

「それは分からない。私たちが見物した剣術家の他に、楽屋に控えていた連中かもしれないわ」

　ふたりはまるで身内のように笑みを交えて雑談をしている風を装いながら、どこぞの大名家の下屋敷と思える門前を通過して、源森川に架かる源森橋を渡った。

　すると隅田川と源森川に西と南を接した広大な御三家水戸藩の蔵屋敷があった。

　ふたりは小梅村と須崎村の間にある竹屋ノ渡し場に向かった。

もはや最後の渡し船に客が乗って六つ（午後六時）の刻限が迫るのを待っていた。

ふたりは渡し船を見て、少しだけ歩みを速めた。その分、新之助の歩みがぎこちなくなった。

三囲社（みめぐりしゃ）の参道（さんどう）前に差しかかったとき、ふたりの剣術家が、澄乃たちをどこでいつの間に追い抜かしたか、ふらりと姿を見せて立ち塞がった。

澄乃が驚いたふりをして、

「なにか御用ですか」

と脅えた風情で尋ねた。

このふたりが舞台に立ち、居合抜きの芸を見せた者ではないことを新之助は察していた。

「そのほうら、何者だ」

「何者だって」

新之助がある町名を告げた。

「なんじゃと」

応じた浪人剣術家はその町名を聞いても、どこにあるのか、またその町に格別な意味があることが分からなかったようだ。

その界隈は、えた頭の浅草弾左衛門が支配する町で、住人はその支配下で革製品や灯心を作る権利を有していた。

「お侍さん、そこがどのようなところか知らないの」

澄乃の問いにふたりは黙った。

「お侍さん、主の許しを得て浅草奥山に見世物見物に行った帰りだけど、もう仕舞い船が出るのよ。わたしたち、行くわよ。乗り遅れるからね」

「おまえたち、奥山で見世物を見物したのだな。なぜわざわざこちら岸から遠回りして帰るのだ」

とそれまで黙っていた浪人者が糺した。自分たちが尾行してきたことを愚かにも白状していた。

「だって、旦那さんが半日休みをくれたんだよ。あちらこちら歩き回ったっていいじゃないか」

と澄乃が応じたとき、

「仕舞い船が出るぞ」

と船頭の声が竹屋ノ渡し場に響いた。

「兄さん、急ぐわよ」

澄乃が松葉杖の新之助に声をかけた。

「ああ」

と松葉杖を脇下に入れ直した新之助が、

「船頭さん、待ってくれないか」

と声をかけた。

そのとき、ふたりの背後から別の声がした。

ふたりが振り向くと、居合抜きの芸を披露した六人のうちふたりが、澄乃と新之助の後方を塞ぐように立っていた。

新之助と澄乃は四人に囲まれたことになる。

厄介ごとに巻き込まれたくないと思ったか、すでに渡し船の船頭が舫い綱を外して向こう岸へと舳先(へさき)を向けていた。

「お侍さん、わたしら、奉公人だよ。銭なんてそんなに持ってないよ」

と澄乃が言った。

「われら、強盗のごとき真似はせぬ」

「ならばなんなの」

「女連れでわれらの芸を見に入るとは珍しいのう」

「木戸番に誘われてさ、つい妹が見たくなったんだよ。おれたち、ちゃんと木戸銭も払ったぜ」

「そなたら、どこぞで見かけた面だな」

舞台に立っていたひとりが言った。

「そりゃそうよ、だって舞台でさ、お侍さんの芸を見たもの。お侍さん方もわたしたちを見たんでしょ」

「いや、舞台で会ったのが最初ではないわ。おまえらは吉原の関わりの者だな」

「吉原ってなによ。わたしたち、ちがう町の住人と言ったじゃない」

「女、とぼけんでもよい。吉原には会所があって、あれこれと吉原の出入りを見張っているな。女、おまえの面を廓の内で見た」

とあとから来たふたり組のひとりが言い切った。

「ほう、お侍さん、おかしなことを言いなさるな。おれたちがどこで奉公していようと、奥山の見世物小屋にきちんと木戸銭払って見物したんだぜ。なんで四人してそんないちゃもんつけるんだよ」

新之助が後ろから来た浪人者に言い放った。

「おまえら、われらに関心を持って小屋に入ったのではないか」

「木戸銭は払ったと言ったぜ、見物して悪いか」

押し問答しているうちに渡し船はすでに向こう岸へと向かい、夏の日が大きく傾いたせいか、辺りには人影が見えなくなっていた。

「女、おまえの正体は知れた。吉原会所の女だな」

「ほう、そう言い切るおまえさん方も、ただの見世物小屋の芸人じゃないわね。何者なの、佐渡のお方と関わりがあるの」

と澄乃が居直って、荒海屋金左衛門の一味かと遠回しに質した。

「どうやらおまえらは、なんぞ曰くがあってわれらの芸を確かめたようだ。わざわざ木戸銭を払わずとも、われらの技は見せてやろう。こちらの木戸銭はおまえらふたりの命で払ってもらう」

新之助は立ち塞がったふたりに向き合い、澄乃は背後を固めた剣術家ふたりと対峙した。

二対四、まともに立ち合えば澄乃と新之助に不利だった。

もはや逃げる術はない。

新之助は、松葉杖での不利な戦いになる。

澄乃はどう相手の隙をつくか思案に暮れた。

相手の四人が、居合抜きの構えを見せて間合を詰めてきた。

澄乃は腰帯の下に隠し巻いた麻縄に手を掛けた。居合術のかなりの遣い手とみえたが、不意打ちでひとりに怪我を負わせる自信はあった。ふたり目を倒す自信はない。だが、いまや戦うより手立てはなかった。

「新之助さん、やるわよ」

「おお、黙って殺されてたまるか」

と互いが戦いを覚悟した。

「よし、わしが一番手じゃ」

新之助の前にいた細身の男が間合を詰めながら、抜き打ちを放とうとした。

その瞬間だ。

松葉杖にすがっていた新之助が片足立ちで立つと、松葉杖の先端を相手に向かって振り上げた。すると松葉杖の先から短矢のようなものが飛んで、踏み込んできた相手の胸に突き立った。

「ぎゃっ」

と悲鳴が上がり、

「くそっ、ふたりとも叩き殺せ」

仲間の命が飛んだ。

澄乃は相手方に注意を向け直しながら、新之助が過日、松葉杖を手入れするふりをして工夫した飛び道具の短矢は一本切りで尽きたろうと思った。そんなふたりと三人の戦いを澄乃は覚悟した。

そのとき、河岸道に別の声が響きわたった。

「奥山の衆、わっしらはいかにも吉原会所の者だ、そのふたりもな。おまえさんらが刀を振り回すというんなら、おれたちも死にもの狂いで相手するぜ」

と番方が突棒を構えて、続いて会所の若い衆が六、七人、それぞれ得物を構えて河岸道に駆け上がってきた。

しばし沈黙があって、

「引き上げじゃ」

と四人組のひとりが命じた。

「ならば怪我をした仲間を連れていきねえ、こたびは許してやろう」

仙右衛門が許しを与えた。

「われらと吉原会所との戦いは終わりではない、始まりということを忘れるな」

と言い添えた三人が新之助の予期せぬ飛び道具で胸に怪我を負った仲間を連れて、その場から姿を消した。

「番方、助かりました」

「澄乃、おまえたちが奥山に行くことを七代目に相談したら、おまえらふたりを見張れ、とわっしらに命じなさったのだ。澄乃、頑張るのはいい、仲間の力も信じねえ」

仙右衛門が穏やかな口調で諭した。

「はい、申し訳ありませんでした」

「番方、おれも調子に乗り過ぎた。すまねえ」

「新之助さんもあれこれ考えるね。吹き矢を作って稽古していると聞いたが、こんどは松葉杖かえ、大したもんだぜ」

と仙右衛門が笑い、

「よし、会所に帰るぜ。廓内が手薄だからな」

と船着場を指した。

政吉船頭の苫船がいつの間にか泊まっていた。

四半刻後、仙右衛門から報告を受けた四郎兵衛が、

「澄乃も新之助も怪我がなくてなによりだ。奥山の見世物小屋だが、あやつらがそのまま興行を続けるかどうか、こちらも注意して見てみようか」

と番方に言い、

「小頭と澄乃、新之助がまだ会所にいるならば、ちょいとこちらに呼んでくれないか」

と願った。

仙右衛門に、長吉、澄乃と新之助が連れられてきた。

澄乃と新之助は四郎兵衛から、

「出過ぎた真似をした」

と叱られると思ったか、緊張の顔で頭取の前に座した。

「澄乃、話は番方から聞いた。奥山に居合抜きを売りにした見世物小屋とは驚きだな。ふたりのお陰であやつらがうちの敵方の一味と正体が知れたのはなによりだった。そのうち、なんぞ手を打とうか」

四郎兵衛が言い、

「新之助、あやつらの小屋の持ち主はだれだえ」

と尋ねた。

広大な浅草寺の地所の持ち主は金龍山浅草寺だ。

だが、浅草寺寺中三十四ヶ院の借地町屋は、町奉行からも寺社奉行からも許可を要しないことから、これが浅草寺子院の上がりになった。ために借地町屋の奥山には茶店、見世物小屋、芝居小屋、大道芸人たちが集い、一大遊び場の様相を呈していた。そして、浅草寺寺中の子院から借り受けて、見世物小屋、芝居小屋、茶店を開きたい商人と寺領子院の間を仲介する小屋主がいた。

「あそこは花川戸の蠟問屋の筑後屋七兵衛の持ち物のはずだぜ」

さすがに奥山に勤めていた新之助だ、立ちどころに名を挙げた。

「蠟問屋の筑後屋な」

四郎兵衛がなにか思案するのを見た新之助が、

「頭取、筑後屋に訊いてこようか」

「いや、小屋主が浅草寺寺領花川戸の筑後屋と分かれば、なんとでもしようがある。あやつらの様子をしばらく見てみようか。そうだ、奥山にはそなたの朋輩がいたな」

「川三かな」

「その川三さんに筑後屋の見世物小屋を見張ってもらえまいか、動きがあったときに会所に知らせてくれればそれでよいと頼んでくれぬか」

「合点だ」

新之助が請け合った。

「さて、これからが相談だ」

四郎兵衛が四人の顔を見回した。

番方の仙右衛門と小頭の長吉は吉原会所に長年勤め、いわば幹部と呼んでいい者たちだ。一方、澄乃も新之助も最近会所と関わりを持った新入りだ。なんとも妙な四人の取り合わせということになる。

「この一件は、会所の全員が動く話ではない。会所には会所の務めがあるからな」

と前置きした四郎兵衛が、

「説明の要もないが吉原に難儀が降りかかっておる。大門と鉄漿溝(おはぐろどぶ)に囲まれたこの吉原には妓楼や引手茶屋をはじめ、多くの店がひしめきあっておる。

この四郎兵衛、七人の町名主(まちなぬし)の助けを借りて吉原会所の頭取を長年務めてきましてな。その間にあれこれと難儀や差し障りや火事に見舞われましたが、今度のような目に見えない難儀は初めてです。未だ俵屋が潰れた騒ぎすら解決の目処が立っておりませぬ。自分の非力をつくづく思い知らされているところですがな、嘆いていたところで事は進みません。番方、小頭、改めてこの廓内の妓楼、茶屋のすべての内情を調べ直してみようと思いました」

四郎兵衛の告白に四人はしばし黙り込んだ。が、番方の仙右衛門が、

「七代目、廓内のすべての楼から茶屋、蜘蛛道の小店までとなると大変な数ですぞ。会所の者をすべて投入しても何月もかかりましょうな」

「分かってます、ゆえにそなた方四人をこの場に呼びました。番方と小頭はこの廓で生まれ育ち、ただ今まで吉原会所の御用を長いこと務めています。廓内の隅から隅まで承知のはずじゃな。

一方、澄乃と新之助は、この廓に関わりを持ったのは近ごろです。吉原の習わしもまともに知りますまい。若いふたりの、廓を知らないなりの眼差しや考えで、この吉原を見てみなされ。意外や意外、これはおかしいと思うことにぶつかるやもしれません。

ともかく、この廓の中に佐渡の山師荒海屋金左衛門一味、あるいは元佐渡奉行の鳥野辺恒安様と縁を結んだ楼や茶屋があるやもしれません。いいですかな、大

見世の三浦屋もうちの茶屋山口巴屋も調べから外してはなりません。そなたらの経験と勘で見直してくれませんか」

澄乃と新之助が頷き、

ふうっ

と長吉が思わず吐息を漏らした。

「七代目、期日はございますかえ」

と仙右衛門が尋ねた。

「大変な探索じゃが、早ければ早いほどいい」

応じた四郎兵衛の脳裏には俵屋の太郎兵衛の子供ふたりの生死があった。勾引されてどれほどの月日が過ぎたか、それすらはっきりしなかった。

「私はな、この廓内に荒海屋と鳥野辺様につながる手掛かりが必ずやあると思うてます」

と四郎兵衛が言い切り、

「いいですかな、探索の方策を四人で話し合うのもいいが、まずは己の才覚(さいかく)で廓内を見直してみなされ」

と最後に添えた。

澄乃と新之助が会所を出たとき、夜見世をひやかす客がちらほら見受けられた。

水道尻まで仲之町を歩きながら、

「おりゃ、どうしたらいい。四郎兵衛様の願いに応えるのはおれには無理だ、なにをしたらいいのか分からねえ」

と新之助が呟き、

「新之助さん、私もどうしていいか分からない」

と澄乃も同感する言葉を漏らした。

ふいに新之助が言い出した。

「澄乃さんよ、この廓全体を承知なのは四郎兵衛様だよな」

「間違いないわ。その四郎兵衛様が私ら半人前に願われた」

ふたりが京町の木戸まで来たとき、芸者が三味線を持って三浦屋に入っていくのが見えた。新之助はなにげなく見ていたが、ふと思いついた。

「芸者衆や囃子方をすべて統率しているのは、おれの先輩、吉原見番の小吉親方だよな」

「そうよ、小吉さんだわ」

「おりゃ、小吉親方に会ってみようと思う。どうだい、おれの考え」

と新之助は澄乃を見た。

「小吉さんは四郎兵衛様も神守様も信用しておられる吉原見番の親父様よ。それは面白いかもしれない」

「よし、おれはいったん番小屋に帰り、なにもなければ小吉親方に会う」

と言った新之助がその場に澄乃を残し、火の番小屋に向かって松葉杖を上手に使いながら歩いていった。

澄乃はただその背中を見送っていたが、なんの考えも浮かばなかった。

三

羽毛田亮禅老師と会った二日後、神守幹次郎は清水寺の老師の座敷を借り受けて、猪俣屋の大番頭の宮蔵と会った。

茶の集いのあとに宮蔵は老師に呼ばれて幹次郎に引き合わされた。

「宮蔵はん、このお方を承知やろか」

「いえ、うち、初めてお会いするお方かと思います」

「そやな、候左衛門はんが亡くなりはってそろそろ一周忌が来ますな」

「はい。吉符入の前の晩どした」

「そやそや、非情にも猪俣屋の旦那はんを刺殺した者がいます。奉行所は未だ下手人を捕まえてへんな」

宮蔵は老師の話がどこへ向かうのか分からない顔つきでただ、へえ、と応じた。

「候左衛門はんを殺した下手人はもはやこの世にいまへん」

「老師、どういうことどす」

と宮蔵は困惑の表情で訊いた。

「このお方、神守幹次郎様といわはってな、江戸から京に花街の見習いに来はった御仁どす。五人の旦那衆とはすでに懇意や」

「老師、祇園社の神輿蔵に住まいしてはるお方どすか」

宮蔵はようやく幹次郎の身許の一端を聞かされて老師に問うた。

「そやそや、そのお方や。その神守様がな、あんたはんと話がしたいと言うてな、うちが口利きを頼まれましたんや」

「老師、うち、花街のことはよう知りまへん」

「猪俣屋はんの商うとるんはそう容易く売り買いできるものやおへんさかいな。

花街の仕来たりを知らんのんは当たり前や」

と答えた老師が、

「このお方、函谷鉾の地所が猪俣屋はんのもんやと承知してはるわ。何日か前の晩訪ねたんやて。あそこがな、なにしてはるか見物してきやはったそうや」

老師の言葉に宮蔵は、どう対応していいか戸惑いの顔つきだった。

「宮蔵はん、函谷鉾の地所が猪俣屋のもんやなんて、京の人かてよう知らんやろ」

「知りまへんな。それを江戸から来た神守様が承知やと」

「そう言いましたわ。宮蔵はん、函谷鉾は先の大火事で燃えましたな。燃え残ったんは蔵だけやそうな」

「老師、地所はうちのもんでも建物は函谷鉾さんのもんどす」

「そうやな、猪俣屋はんは地所を貸してはるだけや、何百年も前からな。燃え残った蔵がなんや知らんことに使われているそうやけど、宮蔵はん、承知かいな」

「老師、函谷鉾が再興されるにはだいぶ歳月がかかりましょうな、費えもな」

「そのことをな、神守様は知りたいんやて、宮蔵はん」

宮蔵は老師の言葉を吟味するように沈思していたが、

「老師、最前、うちの旦那はんを殺した下手人は、もうこの世にはおらんと言わはりましたな」

「言いました」

「このお方と関わりがありますのんか」

「その辺りは宮蔵はん、あんたが直に問いなはれ。うちの口利きはこのへんでしまいや」

と羽毛田老師が立ち上がり、座敷に幹次郎と宮蔵が残された。

ふたりは無言のまましばし顔を見合わせた。

「うち、なにがなんやら分かりまへん」

と宮蔵が呟いた。

「大番頭どのが困惑なさるのは分かります。江戸から参ってわずかな月日しか過ごしておらぬそれがしは、京の習わしやら気遣いに戸惑うばかりゆえな」

「神守様、あんたはん、ほんまに江戸から京に花街の見習いに来はったんかいな」

その問いに幹次郎は掻い摘んで京に逗留する理由を述べた。その上で、

「祇園の旦那衆に一力の前で会うたのは偶さかのことです。それが縁でそれがし

の連れは一力茶屋で見習いを、またそれがしは老師とのご縁から、祇園社の神輿蔵に住まいを致すことに相なりました。そんな間柄です。さて、大番頭どの、祇園の旦那衆は元々七人であったそうですな、それが二年前の祇園御霊会の吉符入の前夜に四条屋の旦那どのが、そして、昨年にはそなたの主の猪俣屋候左衛門様が殺されたことを、さる旦那どのから聞かされました」

「神守様、あんたはんが四条屋の旦那とうちの旦那の仇を討つように、五人の旦那衆から願われましたんか」

「いえ、五人の中でも、それがしが昵懇にしていただいておるのは京の三井越後屋の大番頭与左衛門様と一力の主どのでござる」

「そのおふたりから頼まれはった」

「大番頭どの、誤解なさりまするな。すべてそれがしの一存でござる」

「あんたはんの一存でうちの旦那はんを殺した下手人を討たれましたか」

「禁裏一剣流の不善院三十三坊なる御仁の骸が、白川の流れが鴨川に流れ落ちる辺りで見つかったと聞かされました。それがし、京都町奉行所目付同心の入江忠助どのから問い質されましたが、まったく身に覚えがないと返答致しました」

とやはりここでもだれに答えたと同じ言葉を返した。

「入江はん、得心しはりましたか」

宮蔵は入江忠助を承知している口ぶりだった。

「納得されたと、それがし思うております」

幹次郎の返事に宮蔵が沈黙した。

「本日は、そなた様を猪俣屋の大番頭どのというより茶人宮蔵どのと承知して話をしとうございます」

宮蔵の沈黙は続いた。が、不意に問うた。

「老師はうちの地所のことを口にしはりましたな。神守様、独りで函谷鉾の蔵に忍び込みはったんどすか」

この言い方から幹次郎は、函谷鉾の蔵がなにに使われているか宮蔵は察しているのではないかと思った。

「いえ、案内人がおりましたゆえ、ふたりでござる。そのお方から突然あの函谷鉾の蔵に誘われたのです」

「案内人とはどなたはんどす、京のお方やろか」

「いえ、江戸から参られた役人です」

「やっぱり入江はんどすか」

幹次郎が無言で頷き、

「そんで、神守様、うちになにを訊きたいんや」

宮蔵が幹次郎の用件に自ら触れた。

「それがしが考えるに祇園の旦那衆殺し、未だ終わっておらぬとみました」

「最前羽毛田老師は、うちの旦那と四条屋の旦那を殺した下手人は身罷ったと言わはりましたな」

「言葉が足りなかったようです。下手人の背後には、指図した者たちが控えていましょう。このお方らが企てを放棄せぬかぎり、第二、第三の不善院三十三坊が出て参りましょう。違いますか」

「神守様、指図した相手を承知どすか」

幹次郎の問いには答えず宮蔵が反問した。

「推量はござる。ですが、たしかな証しは今のところなにもござらぬ。ゆえに猪俣屋候左衛門様がなぜ暗殺の的にされたのか調べることが、祇園社界隈に降りかかった災いをとりのぞく最善の道と思ったのです」

「それで老師に願われた」

「はい、茶人宮蔵どのに」

また宮蔵は沈黙した。

いつまでも続く沈黙だった。

幹次郎は気長に待った。だが、宮蔵は口を開かなかった。

迷っていた。

「大番頭どのは猪俣屋の商いの裏表を承知と聞きました」

「旦那はんが思いもかけん死に方をしはったあと、猪俣屋の商いの全容はうちひとりしか知らんやろな」

と呟いた。

「この数年、猪俣屋の商いにこれまでなかった変化がございましたかな」

宮蔵は無言で座敷から中庭を眺めていた。いや、中庭に視線を預けながら、どこか遠くを見ている眼差しだった。

「天明の大火事や」

とぽつんと言った。

「あれが始まりや」

「どういうことでござろうか」

宮蔵は幾たび目か、沈黙した。

幹次郎は今度こそと、猪俣屋の老練な番頭の宮蔵が口を開くのを急かすことなく気長に待った。

不意に宮蔵が問うてきた。

「あんたはん、猪俣屋がどれほどの地所と建物を持っているか、まさか知らんやろな」

「存じませぬ」

と応じた幹次郎は、

「もしかしたら一力茶屋の次郎右衛門様も、三井越後屋の大番頭与左衛門様も承知しておられぬのではないか」

と問うと、

「さよう、知らしまへん。むろん祇園の置屋の河端屋はんも、揚屋の一松楼はんも、仕出し屋の中兎の旦那はんも知りまへん」

と宮蔵が言い切った。

「それほど猪俣屋の地所も建物も数が多おす。けどな、建物の大半は先の火事で燃えてしまいました。地代は入りますが、建物が焼けてもうて店賃は入らんようになりましたんや」

洛中の大部分を焼いた火事だ、致し方ないと幹次郎は思った。

「大火事が落ち着いて、直ぐになにかが起こったのでござろうか」

「禁裏から、焼けてもうた建物の建て替えをする費えを貸してくれへんかと旦那はんに相談がありましたんや。京にて禁裏からの相談は強制どす。旦那はんは、大火事のあと、うちにはその余裕はおへんと断わられましたんや」

「禁裏は諦めましたかな」

「間がありましたな。そんで二年前のこっちゃ、吉符入の前夜、四条屋の旦那はんが殺されましたんや」

「禁裏のお方は四条屋さんにも御所の建て替えの費えを強要しておりましたか」

「四条屋はんのことは、うちには分かりまへん。せやけど、御所の建て替えの費えを四条屋はんが持ちはったとは思えまへんな」

「とすると四条屋さんを暗殺したのは、猪俣屋の旦那どのに翻意を迫るためと考えてようございますか」

宮蔵は幹次郎の顔を凝視した。

「あんたはん、江戸の吉原の御用は並みのこととちゃいますな。えろう慣れてはるがな」

「江戸と京では騒ぎもその騒ぎを鎮めるやり方も違っていましょう。されど金をめぐって起こることはこの京も江戸も一緒かと思います」

「そないな騒ぎに神守様は関わってきたんやな」

「はい」

頷いた宮蔵が、

「四条屋はんが殺されたあと、うちの旦那はんは独り悩んではりました。身内にも番頭のうちにも言わんとな。一年と少し前のこっちゃ、函谷鉾の地所をあるところに貸したとうちに言わはりましたんや」


「旦那はん、あの地所は函谷鉾に長いこと貸しとりますわ」

と宮蔵は候左衛門に言った。

候左衛門は苦々しい顔で、

「言われんでも承知や」

「函谷鉾が抗います」

「函谷鉾も抗うことができんとこからの話や」

宮蔵は、となると禁裏の他はないと思った。それでも、

「新しく借りはるお方の要望を函谷鉾は承知しはったんどすな」

と候左衛門に念押しした。

「そういうことや。函谷鉾の旦那衆にとっても函谷鉾が再興できる目処が立つ話や、悪い話やない。けどこのことを承知なんは函谷鉾の旦那衆の数人だけや。残りのお方は知らんか、知らんふりをしてはる。あるいは小銭を握らされて黙っとるか」

「旦那はん、うちの地所になんぞ建物を建てるんどすか」

「知らん。宮蔵、知らんほうがうちらのためやとあそこから脅されましたがな」

と候左衛門が苦々しい顔で言い放った。


「それから数月過ぎたころ、旦那はんがうちに『函谷鉾がえらいことになるかもしれん』と申されましたんや」

と死んだ主とした問答の振り返りを宮蔵は打ち切った。

「ツガルを吸飲する遊び場、阿芙蓉窟に模様替えしたことを、候左衛門様は承知しておられましたか」

幹次郎が念押しし、宮蔵がふたたび口を噤んで沈黙した。が、胸のうちから苦い思いを吐き出すように言った。

「うちの地所で阿芙蓉窟が開かれてますんかいな」

幹次郎が首肯し、

「神守様と入江はんはそのことを確かめにうちの地所を訪ねられたんやな」

と宮蔵は質した。

「いかにもさよう」

「あんたはんら、なにをする気や」

「それがしはどこに連れていかれるとも知らず、入江どのに誘われて同行したのです。いわば用心棒が役目でした」

「入江はんはなにを考えはったんやろか」

自問するように言った。

宮蔵は、禁裏と、公儀の出先機関の京都所司代、京都町奉行所を真っ向から対決させるために入江は動いたかと訊いていた。

「入江どのも京の公儀の出先機関が即刻対応するとは信じておられませんでした」

幹次郎の言葉に宮蔵が頷いた。

「神守様、入江はんの用心棒と言われましたな。たったふたりでよう無事で戻ってこられましたな」

「こうしてなんとか生きております」

幹次郎の返答に宮蔵が、

「あんたはんは、噂に違わんお人やな。一力はんが頼りにされるわけや」

と言った。

「宮蔵どの、われらは吉原を立て直す役目を負わされて京に参りました。その京も安穏としておらぬ。われらも祇園の旦那衆の手伝いをせぬかぎり、京修業は全うできますまい。ゆえに命を張るしか策はござらぬ」

「さようか、吉原も安泰やおへんか」

「安泰ではございません。京同様に難儀が降りかかっています」

幹次郎の返事に頷いた宮蔵が、

「猪俣屋の若旦那が亡くなった先代の跡継ぎを務められるようになるまでにはあと数年の時がかかります。けどな、昔の猪俣屋には戻りまへん。天明の大火事で失ったもんはそれほど大きいんや」

と言った。

「宮蔵どの、候左衛門様が身罷られた、いえ、暗殺されたのはなぜでござろうか。敵方にとっても候左衛門様が存命のほうが、猪俣屋の力を利用できたはずではござらぬか」

「いかにもさようどす」

と返事をして、宮蔵は短い間を置いた。

「相手は旦那はんが身罷る前に新たな要求をしたんとちゃいますやろか。それだけは承知できんということを言うてきた」

「宮蔵どのはそのことをご存じですか」

「いえ、知りまへん」

と宮蔵が首を振った。

「真になにもご存じない」

宮蔵は首を傾けてゆっくりと左右に振りながら迷っていたが、懐に手を突っ込み、巾着を取り出した。そして、錠の鍵と思えるものを幹次郎に差し出した。

「旦那はんが身罷る数日前、なんぞあればとうちにこの鍵を渡されたんどす」

「なんの鍵でござろうか」

「神守様は祇園御霊会を知らしまへんな」

幹次郎は頷いた。

「吉符入の十日後、四条の浮橋から鴨川の水を汲み上げ、祇園社の神輿の中御座を浄める神輿洗(みこしあらい)がありますんや」

神輿を鴨川の水で浄めるのが祇園社の神事神輿洗の目的だった。祭に先立って鴨川の上流より神を迎え、祭礼が終わると神送りをする、その一環だった。

「このお水はな、四条大和大路(やまとおおじ)の仲源寺(ちゅうげんじ)にも保管されますんや。この仲源寺は眼病に効き目がある目疾(めやみ)地蔵はんで有名な寺やがな、亡くなった旦那はんはこの仲源寺はんの地下蔵の鍵やと言い残しはったんや」

「仲源寺の地所は猪俣屋の地所ですか」

「ただ今は違います。天正年間（一五七三〜九二）にな、太閤秀吉(ひでよし)はんの命で、ただ今の大和大路に移りましたとき、うちの所領から寺領に変わりましたんや」

「ですが、二百年前は猪俣屋の地所であったのですな」

「そうどす」

「候左衛門様が仲源寺の地下蔵になにを秘匿(ひとく)しておられるか、宮蔵どのには推量がつきませぬか」

「旦那はんが身罷られたあと、あれこれと思案してな、旦那はんに関わりのもんを調べましたんや。大火事のあと、旦那はんはよう書き物をしてはりました。その書き物が見当たりまへん。若旦那はんに尋ねましたが知りまへんとの返答でしたわ」

「その書き物が仲源寺に秘匿されたものと宮蔵どのは考えておられますか」

「なんとも言えまへん」

「宮蔵どのの口添えで仲源寺の地下蔵を調べることができましょうか」

「無理どすな。地下蔵は神輿洗の桶などが保管される神域どす。地所もうちの手を離れているさかい、無理やな」

幹次郎はしばし考えた末に、そのお方しかおるまいという人物を思い出した。

四

澄乃はなにも考えが浮かばないまま、三浦屋の勝手口から台所に入ると、おいつが煙管で煙草を吸っていた。

夜見世の客が格子を覗いていた。楼の遊女衆は、張見世に顔を揃えて妍を競い合っていた。ゆえにおいつの出番はなく、のんびりとした一時を憩っていた。遣手のおかねは二階の遣手部屋に控えている。

「どうしたえ、澄乃さん」

と局見世の女郎初音だったおいつが、澄乃の鬱々とした顔を見て尋ねた。だが、澄乃には答える術も余裕もなかった。

「なにかわたしに用事かね、そんな顔でもなさそうだが」

澄乃がため息をついておいつの傍らの上がり框に腰を下ろした。

「言ってご覧よ。役に立つとは思えないが、他人にさ、話をすると少しはさっぱりすることもあるよ。おまえさんが桜季と涼夏と親しく付き合っていることも承知だ。あのふたりのことかね」

「違うわ。あのふたりに案じることなんてない。私よ、案じなければならないのは」

「話してご覧よ」

と催促された澄乃が、吉原を襲っている厄介ごとに関して、四郎兵衛から番方、小頭、それに火の番小屋の新之助と自分に下された命の内容を訥々と告げた。

「そりゃ、難題だね。四郎兵衛様も困った末に番太の新之助やおまえさんにそんな命を下しなさったか」

と言いながら煙管の燃え尽きた灰を煙草盆に落とした。

「俵屋を襲った連中の仲間がこの廓に潜んでいるね」

独白したおいつが、煙管を弄びながら思案した。

ふたりの間に長い無言の時が流れた。

「御免なさい、おいつさん。私ったら七代目の命に応えられなくておいつさんに愚痴ってしまった。なにが吉原会所の女裏同心よね、情けないったらありゃしない。おいつさん、私が喋ったことを忘れて」

と言うと、澄乃は力なく台所の上がり框から立ち上がった。

二階座敷から三味線の調べが響いてきた。

「待ちな、澄乃さん」

おいつが言い、もう一度上がり框に座るように煙管で示した。

「わたしがこの廓に入って二十数年が過ぎたよ。局見世女郎として野垂れ死にすると覚悟は決めていたが、そう容易く人の決心はつかないやね」

と言ったおいつが、

「おまえさんには、このわたしが三浦屋の女衆に鞍替えした経緯を話すこともないね。神守の旦那の漢気さ。三浦屋の女衆になってなにがいいかって、大門を勝手に出入りできる身分になったことさ。つい十日前も、半日休みをもらって浅草寺にお参りに行ったと思いな、澄乃さん。そのあと、茶屋に入って、茶と甘いもんを注文して時を過ごしたときさ、どれほど神守の旦那に感謝したか、大門を女の身ながら勝手に出入りできる澄乃さんには分かるまいね」

澄乃はおいつの話を黙り込んで聞いていた。なにかを期待してのことではない。おいつが澄乃の気持ちを変えようと話してくれていることは分かっていた。

「帰りにさ、奥山をぶらついていてさ、大道芸をあれこれ見て回ったよ。番太の新之助のいた軽業小屋の前もちらりと見たよ。それでさ、なんとなく芝居小屋とどこその見世物小屋の間の路地を抜けようとしたとき、見世物小屋の裏口から旦那風のふたり連れが姿を見せて、ひとりが頭巾をかぶったのさ。一瞬だが、その顔を見て、『おや』と思ったんだよ。わたしが知っていた顔だったからね。この廓の妓楼の主を見間違うことはない。ふたりは無言で別れた。ひとりは見世物小屋に戻り、廓の主は、路地の奥へとすたすたと歩いていきなさった。澄乃さん、だれだと思うね」

と話を止めたおいつが澄乃の顔を見た。

澄乃は首を横に振った。

「角町の町名主池田屋の旦那だよ」

「はあ、角町の池田屋哲太郎様ですか」

「廓の旦那が奥山の見世物小屋に出入りしてはいけないという法度はありませんよ。だけどね、澄乃さん」

　おいつが澄乃の顔を凝視した。

「つい先ごろだれから聞いたかね、奥山の見世物小屋、居合抜きなんぞを剣術家くずれの芸人が見せるそうな。その見世物小屋は、吉原会所に恨みを持っているんだとか、だれぞが喋っていたのを聞いたよ。そんな見世物小屋に吉原の町名主のひとりが出入りするってのは、おかしかないかえ。最前からおまえさんの悩みを聞いていてさ、ふとあの折りの光景を思い出したのさ」

「会所の七代目の代理で、見世物小屋に話をつけに、池田屋の旦那が行くとは考えられませんか」

　池田屋の主、哲太郎は神守幹次郎の八代目就任には反対だったが、その後、吉原に人材がないということを理由に、七代目を後見役に留めることを条件に賛成派に考えを変えたと澄乃は小耳に挟んでいた。また翻意の背景には、反対派の最右翼駒宮楼六左衛門が自分の娘婿を八代目につけようとした企みと自滅があったと聞かされていた。

「そりゃ、わたしに訊くよりさ、おまえさんのほうがそんな話だったのかどうか直ぐに調べられるんじゃないかえ」

「は、はい」

と応じた澄乃は、

「池田屋の旦那に見間違えはございませんか」

と念押しした。

「たしかに夕暮れの刻限だったさ。だがね澄乃さん、ありゃ間違いない。角町の町名主だよ。小屋に戻った御仁と、内緒ごとの話を終えたって感じだったね」

とおいつが言い切った。

「おいつさん、有難うございます」

上がり框から立ち上がった澄乃が深々と頭を下げた。

そのとき、遣手のおかねの声がした。

「女裏同心さんさ、おいつさんに借金でもしたかえ」

「あら、おかねさん、違います。『あまり頻繁に桜季さんと涼夏さんを天女池に誘い出すのはどうしたもんかね。三浦屋には他にも遊女衆がたくさんいるんだからね、偏った付き合いは困るよ』と注意を受けたのです。それでご注意有難うございましたと礼を申し述べたところです」

「あら、おいつさんはそんな注意をしたのかえ、あのふたり、天女池で澄乃さんと犬の遠助に会ったあとは、なかなか張り切って仕事をしているじゃないか。わたしゃ、澄乃さんとふたりが付き合うのは悪くないと思うがね」

とおかねが言った。

「おかねさん、わたしゃ、新参のくせに余計なことを言ったかね、ならば最前の話、聞き流してくれないか」

とおいつが澄乃に願ってみせた。


澄乃は三浦屋を出たあと、仲之町を会所に向かいながらおいつから得た話をしばし吟味した。そして、四郎兵衛に即刻話すべきだという結論に達した。

話を聞いた四郎兵衛は、

「ほう、池田屋さんがな」

と言うと沈思した。

「七代目、池田屋さんは神守様の八代目就任に反対でしたが、近ごろ賛成派に回

った と聞かされました。いえ、私はこの一件、小耳に挟んだだけでございます。しかしながら、吉原内外の様子を見て、噂話があれこれと耳に入ったとき、神守様の吉原放逐の大本はこの一件にあるのではないかと勝手に判断しております」

と澄乃が推量を述べた。

四郎兵衛は澄乃の推量には何も言わず、

「澄乃、池田屋さんが奥山で会っていた人物はだれと思われますな」

「おいつさんもただ旦那風の人物としかおっしゃいませんでした。おそらく顔を見ても分からなかったのだと思います」

「私はなんとなく推量がつきました」

と応じた四郎兵衛は、

「角町の町名主の動きを見張ることになりそうですな。さあて、どうしたものか」

と思案に入った。

「私は夜見世の見廻りに行ってようございますか。五つ半時分には並木町に汀女先生を迎えに行きます。そのあと、会所に戻って参ります」

澄乃が言うと四郎兵衛が、

「この一件ひと晩考えさせてくだされ。今宵は汀女先生と一緒に柘榴の家に帰ったらこちらに戻ってくる要はありませんでな」

と言った。

澄乃は夜廻りに戻ると、火の番小屋に新之助を訪ねた。この一件を新之助に話してみようと思ったからだ。新之助は話を聞くと、

「なんと角町の町名主が見世物小屋の裏口から出てきたね。こりゃ、臭うぜ」

「池田屋の身辺を探るのは厄介だわね。何しろ相手は五丁町の町名主のひとりだもの」

「待ちな。三浦屋の遣手のおかねさんは、池田屋の遣手のおしずさんと親しいはずだぜ」

「池田屋のおしずさんをどう口説くのよ」

「世間話ついでに、池田屋の旦那が奥山の見世物小屋から出てくるのを見かけたとかなんとか言えば、おしずさんの口から池田屋の旦那に伝わるんじゃないか。となると池田屋の旦那が動かないか。池田屋の旦那は、神守様の八代目就任に関してもふらふらと態度を変えたように、そう肚の据わった御仁じゃねえからね」

番太の新之助は澄乃より新参ながら吉原の人物をよく観察していると思った。

そのことを澄乃が告げると、

「池田屋は角町の町名主だぜ。町名主の考えくらい知っとかなきゃあ、番太は務まらないからね」

と言い切った。

その夜のうちに澄乃は三浦屋のおいつに会い、おかねから池田屋の遣手のおしずにそんな話をさせられるかどうか相談した。


翌日の夜見世が始まった折り、三浦屋の高尾太夫の花魁道中に涼夏も新しく加えられた。

そんな道中を見守る体で、おかねが同じように仲之町で花魁道中を見つめるおしずに歩み寄った。

「おしずさんさ、おまえさんところにも俵屋の遊女がふたりほど鞍替えしたんだよね」

「おかねさん、三浦屋さんはやることが早いね、あの新造は俵屋のお涼だよね」

老練な遣手ふたりだ。化粧をしていても素顔を見抜いていた。

「源氏名を涼夏に変えて高尾花魁のもとで慣れさせようというわけの旦那の考え

だよ」

「うちも旦那に相談してみようか」

とおしずが言った。

「妓楼にはそれぞれにやり方があるからね。なんともいえないけどね」

と言ったおかねが、

「ああ、そうだ。池田屋の旦那は奥山の見世物小屋と知り合いかね。いつだったか、見世物小屋の裏口から出てこられるのを見たよ」

おいつが見たことを、おかねが見たことにして告げた。

「うちの旦那が奥山だって、そりゃないよ、うちの旦那は商い一筋、金儲けが道楽だもの」

と応じたおしずは、主の旦那に必ずこの話をするな、という感触をおかねは持った。

「もうひとつ、ここだけの話があるよ」

「なんだい。わたしゃ、口は堅いよ」

「うん、噂話だからたしかなこっちゃないよ。吉原会所を放逐になった神守幹次郎様が戻ってくるって話だが、それはないやね、おしずさん」

その夜、四つの刻限、池田屋哲太郎が大門を地味な形ですっと出ていった。澄乃と番方の仙右衛門が、哲太郎のあとを離れて尾行していった。行き先は分かっているのだ。

哲太郎は、用心をしている様子もなく明らかに奥山へと向かっていた。

浅草田圃の一角に野地蔵の祠があったが、仙右衛門と澄乃が差しかかったとき、ふいに五人の人影が立ち塞がった。奥山の見世物小屋の連中の一部は、吉原会所の動きを見張っていたようだ。

「なんだね、おまえさん方は」

と仙右衛門が質した。

「番方、これを」

とこの夜、小太刀を後ろ帯に差し込んでいた澄乃が素手と思える番方に渡した。

「借りようか」

仙右衛門が澄乃の小太刀を借り受け、前帯に差した。

「女は妙な得物を使うと聞いたぜ。気をつけよ」

と剣術家の頭分が言った。

「おまえさん方は川向こうで会った連中の一味ですか」

と澄乃が新之助とふたりの折りに待ち伏せした面々かと質した。

「それがしの仲間は、女だと思い甘くみたようだな」

「女ゆえ甘くみられましたか」

と言い放った澄乃がその直後、帯の下に巻いていた麻縄を抜いたと思ったら、その先端の鉄輪が刀に手を掛けたままの剣術家の胸や首筋を次々に打ち、ひと息に三人が、

「あぁー」

と悲鳴を上げてその場からよろめいて退いた。一番に鉄輪の餌食になったのは頭分だ。残ったのはふたりだ。

「これで二対二だな」

と仙右衛門が言った。

「くそっ、引き上げだ」

と五人が奥山へと逃げ去った。

「よし、こうなったら池田屋の旦那を見つけるのが先だ。急ごうか」

澄乃は引き抜いた鉄輪つきの麻縄を巻いて片手に提げ、ふたりは五人を追って

奥山へと走った。

くだんの見世物小屋の前にふたりが到着したとき、えらく小屋は静かだった。むろん刻限が刻限だ、奥山の見世物小屋はすべて店仕舞いしていた。

不意に路地からひとつの影が姿を見せて、

「澄乃さん、妙だぜ」

と言ったのは、新之助の軽業芸人仲間だった川三だ。

「最前まで人の気配がしていたがよ、不意に気配が掻き消えたんだよ」

「吉原の旦那が訪ねてきませんでしたか」

「いつのことだ」

「つい最前のことですよ」

「となると裏口かね。入ってみるかえ。ちょっと待ってくんな、灯りを持ってくらあ」

と川三が言い、軽業小屋に取りに行った。

直ぐに戻ってきた川三の手には提灯があった。動きはさすがに軽業芸人らしくきびきびしていた。

「居合抜きのお侍さんよ、いるかえ」

と声をかけた川三が提灯を突き出して見世物小屋に入った。舞台の横手に立った三人は見世物小屋に人影がないことに気づいた。

澄乃は、舞台から馴染の臭いが漂ってくるのに気づいた。

「川三さん、舞台を提灯で照らしてくださいな」

と願い、川三が澄乃の願いに従った。

舞台には夜具が敷かれていたが、急になにか起きたように乱れていた。

「ああー」

と川三が驚きの声を上げた。

灯りの中に角町の町名主池田屋哲太郎が仰向けに倒れていた。胸を刺されて驚愕したような顔からは、殺されることなど一切予測していなかったことが見て取れた。その手に書状が握らされていた。

番方が書状を摑み取ると、

「こいつは、また桑平市松の旦那の手を借りることになるな」

と言い、

「川三さん、この一件、明日まで見なかったことにしてくれ」

と川三に願い、

「澄乃、おれたちは廓に戻るぜ」

と命じた。

四半刻後、吉原に戻ったふたりは七代目に会い、経緯を説明すると池田屋哲太郎が握らされていた書状を渡した。書状を読んだ四郎兵衛は、

「池田屋さんは遣手のおしずから話を聞くと直ぐに、今晩訪ねることを文にして連中に告げておりました。それほど早く池田屋さんが動くとは思いもしませんでした。あやつらは正体を会所に知られた池田屋哲太郎さんはもはや邪魔になるだけと思い、口を封じたのでしょうな。それにしても、五丁町の名主池田屋さんがあやつらの手先だったとはな。もはや、だれを信じていいか分からなくなりました」

と嘆息した。


京の四条大和大路にある目疾地蔵で有名な仲源寺の地下蔵に、神守幹次郎は独りいた。腰の大小も財布も一切合切の持ち物を仲源寺に預けてきていた。

幹次郎は仲源寺と縁が深い祇園感神院執行彦田行良の口利きで、ようやく仲源寺の地下蔵に入ることができた。古この仲源寺の地所を所有していた猪俣屋

の候左衛門は、未だ地下蔵の一部を所有し、古い書付や沽券などを保管していたのだった。そんな石造鉄扉の内蔵の錠の鍵穴に、大番頭の宮蔵の鍵はぴたりと合った。

仲源寺の和尚によれば、猪俣屋候左衛門は存命の折り、ひと月に一度ほど地下蔵に入り、その中で半刻から一刻（二時間）ほどの時を独りで過ごしていたという。

幹次郎は古い書付や沽券は別にして、かなり新しい書状数通と候左衛門が認めていた、

「天明大火復興録」

と銘された日録を行灯の灯りで読んだ。

禁裏御料方副頭綾小路秀麿卿と薩摩鹿児島藩京屋敷用人頭南郷皇左衛門とのやり取りが克明に記録されていた。

候左衛門の暗殺は、「天明大火復興録」の記録を綾小路と南郷のふたりに知られたことが原因であった。

幹次郎は行灯の灯りのもとで候左衛門が命を張って守り通した京の祇園の自治をどうしたものかと思い悩んだ。この存在をただ今の祇園のだれにであれ、披露

することは危険だと幹次郎は思った。

この夜、一力に猪俣屋の大番頭宮蔵を招いて一力の次郎右衛門と内談を持った。

「神守様、仲源寺の地下に今も猪俣屋の内蔵がありましたかな」

「ございました」

と答えた幹次郎に宮蔵が、

「中にはなにが入ってましたんや」

「文禄(ぶんろく)年間(一五九二～九六)前後の古い書付やら沽券やらがかなりの数、保管してございました」

「文禄年間というたら、二百年も前のことやないか」

「はい」

「旦那はんが認めた書付はあらへんかったと言われますか」

「内蔵はさほど大きなものではございません。古い書付をすべて調べましたが、候左衛門様の認められたものはなにも見つけることができませんでした」

「真どすか」

「宮蔵どの、他に心当たりのある場所はありませんか」

「あの鍵だけが頼りどした」

と宮蔵が茫然と呟いた。

「それがし、一切地下蔵より持ち出しておりません。仲源寺の住職方がそれがしの出入りの折りに五体を調べましたゆえ、お尋ねくだされ」

そう指示した幹次郎を、宮蔵が黙って凝視した。

「うちは神守様の言葉を信じてます」

と次郎右衛門が言った。

幹次郎は宮蔵の懐疑の眼差しを感じながら、祇園の向後に関わる書付をどう使うか、重い荷を負ったことを感じていた。

京の祇園を疎ましい闇が覆っている、騒乱癒えずと幹次郎は思った。

この作品は、二〇二〇年十月、光文社文庫より刊行された『乱癒えず
新・吉原裏同心抄（三）』のシリーズ名を変更し、吉原裏同心シリー
ズの「決定版」として加筆修正したものです。

光文社文庫

長編時代小説

乱癒えず　吉原裏同心(34)　決定版

著者　佐伯泰英

2023年8月20日　初版1刷発行

発行者　三宅貴久
印刷　萩原印刷
製本　ナショナル製本

発行所　株式会社　光文社
〒112-8011　東京都文京区音羽1-16-6
電話　(03)5395-8147　編集部
8116　書籍販売部
8125　業務部

落丁本・乱丁本は業務部にご連絡くだされば、お取替えいたします。
ISBN978-4-334-10009-4　Printed in Japan

組版　萩原印刷